草木温柔

长沙植物的倾情记录

张觅 著

北方文艺出版社
·哈尔滨·

图书在版编目(CIP)数据

草木温柔 / 张觅著. -- 哈尔滨：北方文艺出版社，2022.7
 ISBN 978-7-5317-5554-8

Ⅰ.①草… Ⅱ.①张… Ⅲ.①散文集–中国–当代 Ⅳ.①I267

中国版本图书馆CIP数据核字(2022)第075110号

草木温柔
CAOMU WENROU

作　　者 / 张　觅
责任编辑 / 张贺然　　　　　　装帧设计 / 云上雅集

出版发行 / 北方文艺出版社　　邮　编 / 150008
发行电话 / (0451)86825533　　经　销 / 新华书店
地　　址 / 哈尔滨市南岗区宣庆小区1号楼　网　址 / www.bfwy.com

印　刷 / 长沙市精宏印务有限公司　开　本 / 880mm×1230mm 1/16
字　数 / 140千　　　　　　　　印　张 / 15
版　次 / 2022年7月第1版　　　印　次 / 2022年7月第1次印刷
书　号 / ISBN 978-7-5317-5554-8　定　价 / 98.00元

序　行走人间草木心

·饶平平·

记得有一次，张觅问我，在所有植物中，觉得她像哪种。我告诉她，她像紫葡萄。

一转眼，我们认识已经十多年了。她还是和我们初见面一样，温柔、细腻、灵趣。时光带走了些许青涩，留下了慢慢酝酿的沉静通透，但永不改变的是如稚子的纯真，对生活的热情。可能有的人会误解她的柔弱为脆弱，但其实她是坚强的、坚韧的，宛如她读懂的草木之心：因为慈悲，所以温柔；因为温柔，所以强大。

这本《草木温柔》是她的著作里面我最喜爱的作品集之一。文字如行云流水，凝

炼优美。我曾经读过张觅未曾出版过的一本诗集，读完不仅极具美的愉悦，更可贵的是，加入了情感的温暖和灵动的活泼，余味无穷。在这本文集中，我也感受到了那本诗集的影子，写诗磨炼了她对意境的把握，每一篇的意境隽永唯美，似一幅世界名画：或是浪漫的水彩，春樱飞舞；或是鲜艳的油画，阳光玫瑰；或是逼真的工笔，松针巧密；或是写意的水墨，喜柿坠枝。而这些美丽的植物和景色，原来都在我们生活的长沙。

是的，这本书是专写在长沙的草木，也写在长沙生活和工作的，有草木之心的人。在描写景物、植物极精微之后，很高兴看到在张觅的文字中，有了更多的人间烟火气。人生百味，凡尘种种，皆蕴含在了草木芬芳间。

许多人读张觅的文字，清丽、灵透、温柔，便也认为她是成长在一个温室的环境中，无忧无虑。但其实，家庭、学习、工作，我们一般人可能经历过的痛苦、煎熬，她经历的有过之而无不及。所以她能够窥见他人奋斗的不易，也能够理解行走世间种种不能言说的苦。难得的是，她从没有用文字宣泄自身的痛苦，而是以积极、阳光的心态，写下对生活的希望，对万物的赞美。就如同草木，经霜历雪，犹更葳蕤，纵使风吹火烧，亦生生不息。她从草木的精神中得到了鼓舞，因此也希望读者能从中得到抚慰。

在这本书里，我的身影也曾出现。概因我每每想"宅"着的时候，张觅都会把我从家里"挖"出来，一起去爬爬山，赏赏花。还记得那次我们登岳麓山，半途下起了雨，于是撑着伞慢慢走，别有一番韵味。到了电视塔附近，发现一片开得十分茂盛鲜艳的花，此前爬山未曾见过，张觅告诉我，这种花叫蜀葵。我想，我们对生活的世界还远远够不上了解，岳麓山上有近千种植物，在我们眼中是背景一掠而过的每种植物，都有它自己的名字和来历，就像人一样，每棵植物都是一个相似但又独一无二的个体。

待走到山顶餐厅，我们去喝一杯热热的奶茶。雨越下越大，我们就坐在落地窗边望着古树间朦朦胧胧的雾气，来来往往的登山行人，远远近近的重峦叠嶂，聊一点曲曲折折的心事，有一种偷得浮生半日闲的惬意与惊喜。当不仅仅是以健身等略显功利的角度去看待这些活动，长沙的美、自然的美开始呈现在我们的眼中。我们可以看到山上的落叶斑斓、路边的清澈流泉，湖边的落日余晖、小巷中的桂花香影。平淡的生活有了质感，回望飞逝的岁月，也有了定格的永恒。我想有的人天生就是人类的敲钟人，在众人庸庸碌碌疲于奔波的时候，她会保持着对生活的敏锐，并提醒：埋头赶路的时候，也要记得抬头看看四周，景色很美。

谨用我浅陋的言辞，向读者介绍我眼中的这本书，以及它的作者。这本书是作者奉献给读者的果实，就像紫葡萄吸收了岁月芳华，留给人的是馥郁甜蜜。在 2021 年的尾声，也祝福作者，爱与平安常伴，幸福与快乐相随。

2021 年 12 月 26 日 长沙

（饶平平系媒体人，现任职于《湖南日报》。）

CAOMU WENROU

草木温柔
长沙植物的倾情记录

人生百味，
凡尘种种，
皆蕴含在了草木芬芳间。

目录

马尾松：清香芬芳 …………………………………… 001

喜树：伴随悦读时光 ………………………………… 004

罗汉松：佛家境界 …………………………………… 007

池杉：湖边的寂然 …………………………………… 010

蜀葵：绣锦夺目 ……………………………………… 013

夏枯草：没有不可能 ………………………………… 017

枫香树：偷得浮生半日闲 …………………………… 021

柿子树：鸟儿们的节日 ……………………………… 024

酸枣：不再失眠 ……………………………………… 027

四季桂：温文尔雅 …………………………………… 031

山樱：清秀雅致 ……………………………………… 035

百日草：明亮的心 …………………………………… 039

珙桐：鸽子树 ………………………………………… 041

深山含笑：既含睇兮又宜笑 ………………………… 044

落羽杉：羽毛般的温柔 ……………………………… 046

杜英：小姑娘的睫毛 ………………………………… 049

柳叶马鞭草：柔静的梦 ……………………………… 053

铁线蕨：少女的发丝 ………………………………… 056

车前草：生命不可承受之重 ………………………… 059

文竹：回想山居岁月 ………………………………… 063

鬼针草：山中精灵 …… 066
桑树：诗词中的美人 …… 068
悬铃木：挺拔而温厚 …… 071
乌桕：乌桕赤于枫 …… 075
楝树：簌簌清香细 …… 079
六月雪：淡淡清凉 …… 083
芍药：古典爱情 …… 085
黄秋英：中年的沉静 …… 089
十大功劳：高手的风度 …… 091
紫叶李：紫衣女郎 …… 095
厚朴：亲切的包容 …… 098
杜仲：仁心医者 …… 101
粉黛草：意外的惊喜 …… 105
紫花地丁：落落野花 …… 108
繁缕：洒向大地的星芒 …… 111
丁香：美丽和哀愁 …… 113
枸杞：四季养生 …… 117
白芷：香草美人 …… 120
绿萝：乖乖女的前生今世 …… 124
铜钱草：无法随心所欲 …… 127
蓝雪花：记得要美好 …… 131
马缨丹：娇美而桀骜 …… 135
黄金香柳：初萌之爱 …… 139
金桂：似是故人来 …… 143

麦冬：书带草	146
枇杷：摘尽枇杷一树金	149
柚子：柚枕静好一梦	153
紫荆：门前一树紫荆花	157
樱桃：霞光漫上少女脸颊	161
百合：清纯又性感	164
满天星：甘愿做配角	167
丝兰：士为知己者死	170
萼距花：紫花满天星	173
月见草：月亮看见了	177
南天竹：案头清供	181
枸骨：生人勿近	185
翅果菊：柔暖阳光	187
葡萄：酿成美酒	191
玫瑰：美人总是传奇	195
迷迭香：颠倒众生的魅力	198
醉蝶花：蝴蝶醉在花间	201
梭鱼草：可爱童话	204
千屈菜：水边袅娜	207
杏子：青杏般的滋味	211
结香：爱做梦的姐姐	215
石竹：曾经的洛阳花	219
茉莉：满室生香	221
瞿麦：文艺小花	225

马尾松松如其名，修长的松针如同马尾一般蓬松柔软，不似雪松的小巧尖利。春天里，松针尤其嫩绿明亮，如同碧波上的一寸灵光。

马尾松：清香芬芳

少女时代，很希望能住在有山有水的地方。山水蕴灵秀，而山水也深藏着许多传说和秘密。石蕴玉而山辉，水怀珠而川媚。结果刚刚来到长沙时，住在中南大学南校区学生宿舍五栋五楼，站到阳台便可看见青山一发，觉得万物美好，心满意足。

大一时候的宿舍楼在跑道前面，我们所在的寝室阳台上，刚好能看到青青碧碧的岳麓山。下雨的时候，岳麓山上便会袅袅地逸出几缕云绡似的洁白山岚，很有那么一种神秘缥缈的感觉。

一直不事喧闹，一直喜欢安静。母校也是一所安静的大学。山下江边，草木深深。有草木的地方，总是静谧而又灵气。在草木中听音乐或者看书，总觉得自己也成了一棵安静的植物。

在这样的学校里，日日浸润在草木清芬之中，笑起来，都仿佛有草木清芬悄然袭来。顾城诗中说，草在结它的种子，风在摇它的叶子。我们站着，不说话，就十分美好。与草木为伴，不用说话，就十分美好。

岳麓山上清风泉上栈道、蟒蛇洞、兰圃拱桥、白鹤泉等地都有泉眼。大学时我们常带上水杯爬山去取山泉水喝，从中南大学这边爬上去，半山腰里就有一处泉眼。山泉水仿佛有着故乡小城的井水味道，清冽而有回甘。也有不少长沙市民排着队去取水的。马尾松是阳性树种，喜微酸性土壤，生命力很强，在陡峭的石山岩缝里都能生长。因此，在岳麓山取水的路上，能见到不少马尾松。

因为怀念在山下度过的青春，我大学毕业之后，写了一篇关于岳麓山的文字发表在杂志上，后来《中国青年报》在做一个"中国十大有靠山的高校"的微信推送时，便选用了部分文字，并把文章名和作者标注于文后。大学里的同学与学长见了，便在朋友圈转发了。我点进去看，觉得真是太亲切了。正是因为有着岳麓山这样的"靠山"，让我们整个大学时光过得有多么惬意和温情呀。

工作之后，我依然常常来爬岳麓山，看到马尾松，如见老友一般。成年以后，人总是被生活和工作束缚，扮演着各种社会角色，却感觉不到自己的存在，身不由己地被推着向前走。只有在空旷的青山、芳馥的自然之中，我才是我自己，心灵仿佛摆脱了重重束缚，超脱于这尘世之上。

有时候忽然情绪低落，悲伤惆怅之时，便走进山中，让草木清香随风裹了一身，灵魂也就重新被山里的风涤荡得轻盈而又清澈，心中就平静安宁下来。这也就是为什么我一直喜欢爬山的原因。

马尾松最高可达四十多米，不过在岳麓山上没有见过这么高大的马尾松，所见的马尾松都还比较清秀小巧，大约多是十几米高吧。秋冬季节还能清晰看到马尾松树上的松塔。岳麓山上马尾松纯林面积也不大，更多的是跟香樟、枫香等交杂而成的林群。风掠过松林，会旋起悠远而清凉的声音，无法形容听到时的感觉，仿佛整个人被海风吹拂，被海浪打湿一般。我是喜欢听松风的，觉得比竹风更要好听，便如《且听风吟》里吟唱的那样，"山林里风歌唱，一重重如海浪"。

在省植物园，从梅园出来的那段路上，也能见到十几二十米高的马尾松和湿地松。夏天松树上还缀满了凌霄花碧色的藤叶和嫣红的花朵。马尾松是温和慈悲的，任由娇柔的凌霄花缠绕攀登，去领略更高远的风景。

马尾松松如其名，修长的松针如同马尾一般蓬松柔软，不似雪松的小巧尖利。春天里，松针尤其嫩绿明亮，如同碧波上的一寸灵光。马尾松的松针也是使用最广泛的药用松针之一，有祛风、活血、安神、明目之功效。松针平日里可以用来煮松针茶，清香芬芳，能降血压血脂，也有保健养生的功效。在古代，松针还可以用来熏香。晚明文人董若雨《采杉曲》诗前便有小注："余出新意，采杉肤，杂松叶焚之，拂拂有清气。"有时，我也会收集一些松针回去，放在一个小布囊里，悬在床头，取其清气。

马尾松暮春孟夏开花，柔荑状的花棒上金粉细细，很是可爱。岳麓山之春，美貌的花儿很多，比如，辛夷、山矾、葛花、泡桐，等等，都是古诗词里常常出现的古典花儿，而松花在古诗词里出场也不少呢，元曲里也有。元代柴野愚就曾有写道："访仙家，访仙家远远入烟霞，汲水新烹阳羡茶。瑶琴弹罢，看满园金粉落松花。"风一拂过，松花粉便犹如金粉一般轻坠。若是采一枝松花棒回书房插着，定然会有张爱玲笔下的意境吧，"房里有金粉金沙深埋的宁静"。只是松花棒定是不好带的，一路走，一路撒着金粉，待到回家，松花粉都已经飘尽了吧。

松花是一味中药，也是一味美食，也称松黄。《本草纲目》中载，松花可"润心肺、益气、除风止血"，久服可"令轻身"。把松花制成松花饼，更得崇尚风雅的宋明文人的欢心。宋人林洪的《山家清供》中记载有松花饼的制作方法，并盛赞其味美，"不惟香味清甘，亦自有所益也"，认为以松花饼下酒，风味更胜驼峰、熊掌，"使人洒然起山林之兴"。明人宗林《山居用韵答凤川朱先生》云："山厨食尽松花饼，瓦鼎烟消柏子香。"吃着松花饼，焚着柏子香，山居生活便添了几分仙风道骨。

到了秋冬季节，马尾松树下便落了一地棕黑色的松塔。松塔一层层的，宝塔一般，颇为精致。松塔里面还有松子，不过马尾松的松子虽然能吃，但是不好吃。平常我们吃得多的那种甘芬细腻的松子，主要是海松和白皮松产的。

我就曾捡过一个松塔回家，洗净擦干，放在书桌上的笔筒旁边，也颇有意趣。

喜树：时光伴随悦读

三月，长沙的雨一直下。细雨蒙蒙中，空气里散发的都是湿漉漉的草木芬芳。

长沙素有山水洲城之称，岳麓山、湘江、橘子洲，无不绿意盈盈。而岳麓山下的大学城也是笼罩在一片绿意之中。

我的母校也在岳麓山下，教学楼被高大乔木环绕。站在教学楼最顶层，低头看去，一片让眼睛舒服的绿意，闪现湖心亭的一角。水的灵气滋润了绿意，整个校园如同一位正值青春的少女，含着笑容，而眼神又是忧郁的，仿佛便是诗意凝聚的黛玉，闲花照水，弱柳扶风。

三月底的一个周末，雨终于停了，只是天还阴着，草木和檐牙尚还湿漉漉地滴着雨水。料峭春寒，凉意如同花瓣一般片片地贴在身上。

我回了母校，在校园里穿行，只觉主校区林荫道上枝叶交织，铺成了一个绿色的穹庐，四望都是绿意盈盈，香樟树、栾树、喜树、广玉兰树……那绿意简直晶莹可掬，仿佛随手掬起一捧，就能清凉到人的灵魂里。

林荫道喜树下的木椅上，有一位穿着蓝裙的女学生正在坐着看书，仿佛是树下开了一朵灵气的蓝色鸭跖草花。虽然看不清样貌，但是在周围盈盈绿意的衬托下，只觉她秀色夺人。凉风仿佛淡绿色的绸缎，轻轻拂起她额前碎发。

之前有家里表弟跟我聊过他喜欢的女孩子模样，就是刚刚从图书馆出来的女孩子，手里抱着一叠书，"就觉得好像吹来了一阵清风"。可惜表弟不在长沙，要不然，这时就可以给他和喜树下的看书少女，制造一个美丽的邂逅呢。不一定要真的成一对，爱读书的少年男女，认识一下也好的。

我抬头看看喜树。春天的喜树，其青碧之色，似不在林荫道上栽种最多的香樟树之下，而它的叶形像极了故乡小城的大叶栀子，叶片上还有着均匀的纹路，而它比栀子叶要更为宽大。知道喜树是中国特有的蓝果树科植物，与活化石"鸽子树"珙桐是亲戚，并具有强大药效，那都是进了中医药大学工作以后的事情了。大学的时候，喜树就像是和香樟树同样亲切的朋友一般，伴随着悦读时光。

喜树初夏开花，盛夏结果，球状果序就像一个个绿色的小刺猬，遍身有着丰腴而柔和的翅果，喜气洋洋的可爱。到了夏天时，这女学生再坐在这木椅上看书，定会有绿色的喜树果子，轻轻坠在她的肩上或者书上。我为什么会知道呢，那是因为在大学时代，我就被喜树的轻巧小果砸中过呢。好怀念那份可以安安静静地沉浸在植物与书香中的时光！一低头，便是书中的哲思与雅趣；一抬头，便是满眼让人舒畅的绿意。

想起朱自清先生写的《绿》来，那梅雨潭的绿宛然一块温润的碧玉，只清清的一色，他给它取名"女儿绿"。又想起了他的一首小诗《细雨》："东风里/掠过我脸边/星呀星的细雨/是春天的绒毛呢"。这细雨中的绿意，这绿意中的书香少女，更是叫人无法抗拒的美啊。

走到睡莲池边，不由得放慢脚步。池水映着池边的绿意，汪汪一碧。池心亭里，也有女学生倚着红栏捧读的身影。

中南草木葳蕤，是个读书的好地方，并不止于喜树下和睡莲旁。第一天来到学校的时候，漫步校园，即有微醺之感。校园像个郁郁葱葱的植物园。春天里，紫色铃铛一样的小花缀满了荷花池旁的紫藤长廊，湖水如少女青色裙裾一样轻盈曼动，而紫藤花的暗香盈袖。一阵轻风习习吹来，紫色的花瓣轻轻落在书页上，如轻描淡写绘在书本上的一样。

南校区图书馆旁笼着飒飒风声的竹林旁也有石桌石凳，在那里看书之时，竹子的疏影便洒落满身。这样浸透草木气息的读书氛围，真叫人如痴如醉。

春日好读书，对于青年学子来说，不如就趁着这青春好年华，种一缕诗意到心间。乔治·吉辛的《四季随笔》中曾写道："今天当我在花园里读书的时候，一阵夏日的芳香飘过，与我所读的书有一种内在的关联，尽管我不知道它究竟是什么，将我带回到学生时代的假日中去。那种长时间不做功课、在海边漫步的愉快心情，本是学生时代的乐事之一，这时极其强烈地在记忆中恢复了。"

待到以后回想起来，那些青春里读过的书，便会如这春日的盈盈绿意一般，让灵魂清凉而又滋润。

罗汉松：佛家境界

去岳麓山，自然会去古朴的麓山寺。每次来到麓山寺，都有"深山藏古寺"之感。

麓山寺也的确是有着悠久的历史。它始建于西晋泰始四年（268年），寺初名慧光明寺，唐初改名为麓山寺。麓山寺坐落在岳麓山的古树丛中，是湖南最古老的寺庙之一，同时也是湖南佛教的发源地。

古罗汉松，就是麓山寺令人驻足的风景之一。岳麓山上古木森森，古罗汉松应该是其中名气最大的一种。藏经阁前有古罗汉松两株，左边那一株，因为其长达一千七百多岁的高龄，被称为长沙的"树祖宗"，它的树干十分粗壮，得两人合抱。树身也生得较为高大，枝叶舒展，已经高过了藏经阁。

史料记载，六朝时，麓山寺在后殿观音阁前种下了两棵罗汉松，到唐代时，已长成荫护寺院的风景古树。但清代乾隆年间，有一棵罗汉松被暴风摧毁，补植后清代光绪年间罗汉松又遭冰冻而死。现在观音阁前右边那棵罗汉松，是后来再次补植的，也有五百多岁的高龄了，它的枝干就比左边更老的前辈要细一些。

古树历经了那么多的朝代，看过了那么多的沉浮，内心藏进了很多故事，一切都已经淡然了吧，因此，会有一种闲看风云的宁静。在麓山寺里的古罗汉松，这种淡然宁静的气质尤为彰显。只要瞧它一眼，被凡尘俗世惊扰的心灵忽然就静了下来。

罗汉松有趣的是，它在夏季里会结出圆圆的种子，酷似一个小和尚，或者说，是一个小罗汉。种子上端是一枚豆子般大小的胚珠，仿佛是罗汉的"光头"，下面的种托则好似罗汉的身体。随着时间的推移，由夏至秋，种子渐渐成熟，种托的色彩会由绿变黄，变红，再变紫，而胚珠颜色不变，依然是碧色。这时的罗汉松，树上就仿佛坐着许多尊低眉打坐，披着彩色袈裟的罗汉。

我家所居住的小区里也种有罗汉松，那和这棵古罗汉松一比，简直就是个小不点儿了。那小罗汉松不过半米高。见过夏日里它初生的小种子，胚珠和种托都只有绿豆那么大，青青嫩嫩的，能掐出水来。这个时候，罗汉松也还在长出新叶，新叶的颜色和小种子一样，与深绿色的老叶相映成趣。然后渐渐地就见小种子丰腴沉静起来，秋天里便结出满身彩色的罗汉，特别可爱。

佛门清静之地，环境极洁净。这种寺庙前的老罗汉松，也是隐隐禅意。尤其在它满身彩色小罗汉的时候，更是有着某种端雅肃穆之感。秋日阳光被罗汉松的枝叶筛得细细密密，轻轻倾洒在身上。

静静地穿行在寺庙中，翠竹碧松，苍苔黄叶，不由得又想起曾读过的很多诗来。"清晨入古寺，初日照高林。竹径通幽处，禅房花木深。山光悦鸟性，潭影空人心。万籁此都寂，但余钟磬音。"和眼前景致，竟契合了十分十。这样空灵高寂的妙境，只令人俗念都消，尘心顿洗。

无论是游客或香客，进寺之后都会不自觉地放缓了脚步，压低了讲话的声音，唯恐破坏了寺中的清静。只觉时光变得缓慢悠长起来，似乎山下的尘世羁绊是另一个世界了。山静似太古，日长似小年。余花犹可醉，好鸟不妨眠。

有段时间读了不少明清闺秀诗人所作的诗词，隐隐有禅意。当时闺秀年老时多信奉佛教，大约就是这空灵澄澈的佛家境界给人心灵的超越之感，让她们能暂时摆脱那俗世的烦扰痛苦。

从麓山寺出来，是一座幽静小阁，为蔡锷将军的纪念馆。蔡锷墓则是位于白鹤泉左后方的山上，墓前种有广玉兰、枫香和雪松。"一座岳麓山，半部近代史"，岳麓山处处埋忠骨，青山深处，便掩映着蔡锷、黄兴、陈天华等近60多座仁人志士、革命英烈的坟冢。

记得大学时有个同学，天天早上坚持爬岳麓山来到烈士墓前读书，仿佛在彰显自己为中华崛起而读书的决心。后来他读研攻博，事业有成，实现了他当初的梦想。

在麓山寺不远处，还有道教的云麓宫，云麓宫居于云麓峰的峰顶，始建于明成化十四年（1478年），距今也有六百多年历史了。云麓宫里也是颇多古木，有好几棵极高大的银杏树，年龄最大的古银杏树都有七百多岁了，是唐代的时候种下的，现在树上还悬着一口自来钟。

到了深秋，云麓宫便会飘落一地金黄色的银杏叶。道人们不会将银杏叶扫去，任由游人观赏，直到台阶上如同铺了一层厚厚的金色地毯。

这个时候爬岳麓山，到云麓宫赏银杏，到麓山寺看罗汉松，都会让心灵进入一种澄澈平和的境界。

池杉：湖边的寂然

岳麓山上的穿石坡湖，是我们大学时代爬山最爱去的地方。我们爬山，都是从中南大学主校区后山爬上去，经过穿石坡湖、爱晚亭，再从湖南大学走出去。工作后也是如此，已经很习惯这个路线了。

景区标牌介绍，此处"林壑清幽，巨石横亘"，并未夸大其词。穿石坡湖位于岳麓山南麓半山腰，湖水清澈潋滟，湖畔石头嶙峋。湖畔穿石坡湖是一线长廊，廊中向湖中伸出一个亭子，是为湖心亭，古香古色的。湖畔茂密的草木让穿石坡湖一年四季都呈现出不同的颜色与风貌，春天的嫩绿，夏天的浓碧，秋天的斑斓，以及冬天的纯白。

一直认为，秋天是整个岳麓山最美的时候，也是穿石坡湖最美的时候，而秋天里，穿石坡湖最美的色彩，来自红枫、青枫、枫香，也来自水边温柔的棕褐色——池杉。

池杉在湖畔就有一个小小的林子，把秋天的湖水都染得绚烂多姿。在湖亭处也有一棵分外高大的池杉。游人坐在亭子里，和那片温柔的棕褐色便如此接近了，似乎一伸手就可以碰到，当然其实还是有距离的。

此时的穿石坡湖，天空高远且蓝，水边绚烂辉煌。湖水盈盈一碧，倒映着这些美景，如同水月洞天般叫人心旌摇曳。我还曾经带了一个小小的水晶球来，透过水晶球去拍亭廊和池杉，呈现出来的，是一个玲珑剔透的小世界，明净秋水，橙红苍翠，深厚而美丽。我把照片放在微博上，立刻有朋友留言："这是哪里，怎么能美成这个样子？"

但后来，才知道，我当时眼前所见绚烂辉煌之秋景，还并不是穿石坡湖最美的样子，也并非池杉最美的样子。原来宗白华所说不虚，"从错彩镂空走向芙蓉出水"，才是最高的艺术境界。冬天里的穿石坡湖，还有池杉，都已经从绚烂后归于平淡，白雪皑皑中洗尽铅华、回归素朴，反而美得让人失掉了言语。大美无言，大道至简。

2017年12月底，长沙下了一场很大的雪，整个长沙城银装素裹，成了一个通透晶莹的琉璃世界。不知道从岳麓山上俯瞰整个长沙，是否如《红楼梦》中所说，如同装在一个玻璃盒中一般。于是，我们便往岳麓山来。

上山的小径已经结冰，非常滑溜。寒冷的天气与恶劣的路况并没有阻挡人们爬山的热情。我看山路上依然都是熙攘的人群，当然比平日里稍少一点儿，但仍然热闹。只是多了一惊一乍的呼喊声——忽然间脚下打滑，这是有的。我也打滑了几次，差点摔倒。山上葱郁的马尾松都被冰雪覆盖，只在雪白之中微露苍绿之色，便如穿了一件花衣一般。雪松更是被压着松枝垂下，仿佛奶油蛋糕上的点缀小树，童心一起，我不禁伸手捏了个雪球，向雪松轻轻掷去，便簌簌地下了一阵雪雾。

终于爬到了山上，已经满头大汗。山上的冷风吹着，也不觉得如何凉了，反而感到清凉舒服。看看四周，玉树琼枝，晶莹剔透，眼中是一片纯澈清灵，仿佛是人柔软的初心。所以，为什么雪总是能带来欣喜，因为它令人想起自己最本真时的模样。

从山林中踏雪而过，我们终于来到穿石坡湖。湖亭长廊以及环绕着的石坡植物，此时便都如覆盖了一层雪白被子一般，酣然入睡之感。湖水明净雪亮，倒映着长廊小亭，水波不兴，寂然无声。穿石坡湖的春景、夏景、秋景是见得多了，却是第一次见到它白雪皑皑的冬景。大约是这里太滑，人也很少，只淡淡几痕人影，因此非常安静。

正站在长廊对面的石坡处俯瞰赏雪，忽然来了个穿大红色羽绒服的男生，大约是山下大学城的学生，站在坡下看了一会儿风景，然后取出手机对着对面拍照。他站在一片纯白之中，一点红痕，对着圆圆的一泓净水和遥遥的长廊小亭，如同雪地一枚胭脂红梅花瓣。我悄悄把他连同雪景一起拍了下来。你站在桥上看风景，看风景的人站在桥上看你。明月装饰了你的窗子，你装饰了别人的梦。

向长廊小亭缓缓走来。见亭旁一株池杉，春日新绿秋天松黄的叶子现在已经凋尽，枝上白雪也化掉一些，露出光秃秃的枝干来，颇有几分郊寒岛瘦之感，飘逸一曲茶烟暖色的苍凉。

长廊上还坠着几枚池杉落叶。我捡起一枚萧瑟的落叶，想起了智利诗人聂鲁达的诗句："当华美的叶片落尽，生命的脉络才历历可见。"生命删繁就简之后，一切仿佛又回归到最初的赤子之心，一切趋于虚无，一切归于宁静。这池杉四季轮回的过程，又多么像一个人浩大又渺小的一生。而这皑皑白雪中池杉的清瘦与孤独，却有一种水墨般空灵的美，甚至美过了春之青涩、夏之葱郁、秋之绚烂。

我出了一会儿神，便走到长廊上，往水中望去，不由得微微一怔，水中竟有三只不怕冷的绿头鸭，与平日一般悠闲地排着队向湖心游去，平静湖面因此而被划开几道荡漾开来的水纹。落在最后的鸭子还不慌不忙地转过头去梳理着自己的羽毛。冰天雪地之间，澄澈冻湖之中，游过这么一群鸭，很觉眼前画面生动了不少。

于是又往爱晚亭这里走来，越往下走，人便越多。路上见到雪地上的各种落叶，最多的是黄色、红色的枫香树叶，以及棕褐色的池杉叶子。树枝上积雪初融，触目处都是亮晶晶的，水晶宫里一般了。

从山上下来，便到了湖南大学校后的商业街，卖臭豆腐卖糖油粑粑卖烧饼的小店门前面都排着长长的队伍，年轻的脸与热切的眼，融合成一派生机勃勃的青春气息。

回望雪中岳麓山，越发觉得冰肌玉骨，美不可言。刚刚穿石坡湖那里池杉的寂然在这里不复存在，仿佛便如一场梦一般。这里更多了人间烟火的热闹与温暖。

蜀葵：绣锦夺目

六月底的一天，我和平平去爬岳麓山。刚刚爬到半山腰，居然簌簌地下起小雨来。我们只好撑起一把伞，在雨中继续爬山。

雨中山里的空气格外新鲜。走在山路上，烟雨蒙蒙，被山林草木筛得细小又均匀，透明雨珠一滴滴地坠下，倒令我想起普里什文的《林中水滴》来。山上氤氲着山岚雾气，海浪般轻轻波动着。十米之外的一切，都朦朦胧胧地如同笼了一层纱。而肌肤之上也只觉湿漉漉的清凉。山中的绿意更加浓得化不开，空翠湿衣。

想起小时候对深山的想象，只觉山里云雾缭绕，定是住着老神仙。我们现在正徜徉在云雾之中，真有腾云驾雾之感了。我只觉脚步都轻盈了很多，跟平平说，在此时的岳麓山中，几乎都可以试试"餐风饮露，御风而行"了。

我们就是在这时，发现岳麓山上路边的蜀葵的，在靠近山上电视塔的那里。影影绰绰的盈盈绿意之中，突然闪现一片亮色。之前我们并没有见到过这片蜀葵，也许是最近新种的。

走近看，雾气缭绕中渐渐清晰的几朵粉白色单瓣花儿，花心一抹儿晕开的淡红，十分娇艳。花朵错落地生在修长的绿茎之上。忍不住伸手摸了一摸花瓣。花瓣湿漉漉的，触感跟木槿花儿是类似的，细腻而柔软。蜀葵的花儿长得也跟木槿花儿很像，丰腴肉质的花瓣，明亮皎洁的花色，很像初长成的豆蔻少女微微有点婴儿肥的脸庞。

此时，蜀葵花瓣上滚动着细密的雨珠，如同这少女刚刚跑完步，虽然香汗淋漓，可是笑生双靥，极是可爱。翠绿的叶子则如同宽厚的手掌，如同性格温厚的男孩子，细心护住娇艳花儿。

蜀葵之前只听过其名，不见其花，知道是与芙蓉、木槿同为锦葵科的植物美人，其容色明艳不可方物，如今亲眼见到，果然名不虚传，谁料到在这岳麓山上云锁雾迷之时，我们会忽然邂逅这仙女一般的花儿呢。仿佛它静静绽放就是为了迎接我们，植物实在是很多情的。

我们也实在太被花儿的颜值所吸引了，刚刚在雨水雾气中也邂逅了山上白花苦灯笼的细白花儿与珊瑚树的小红果，却并没有停住脚步，而蜀葵，却迷住了我们，让我们在这里流连徘徊了良久。

想想锦葵科的花儿，岳麓山上还不少呢。穿石坡湖这儿就有几株粲然的粉色芙蓉临水照影，秋日里美得令人忘忧。夏日里也有一树繁花的紫色木槿在湖边顾影自怜，午后绿头鸭会在花树繁密的影子里打盹儿。而它们的姐妹蜀葵，也终于来山里了。

不过微有遗憾的，蜀葵闻起来却是没有香气的。这好像也是锦葵科植物共同的遗憾，无香或者淡香。像芙蓉花，生得那么美，却没有沁人心脾的馥郁香气，以至于在秋天的时候，它就被满城甜蜜的桂花给抢去了风头。

锦葵科植物生命力都强，从来不娇气，给点阳光雨露就生长得健康茁壮，又都是开花机器，花多且美。木槿便有"夏日无穷花"之称，这个称呼，给蜀葵也是合适的呢。蜀葵不开花则已，一开便开得热烈奔放，便如同衔了夏日一缕绚烂阳光。唐代诗人岑参《蜀葵花歌》道："昨日一花开，今日一花开。今日花正好，昨日花已老。始知人老不如花，可惜落花君莫扫。人生不得长少年，莫惜床头沽酒钱。请君有钱向酒家，君不见，蜀葵花。"蜀葵花虽然生得璀璨，却朝开暮落，如同红颜弹指老，刹那芳华。因此，岑参便感叹青春易逝，岁月匆匆，人生得意须尽欢。

蜀葵也是能吃的，锦葵科的花儿，譬如，芙蓉、木槿、秋葵、黄蜀葵、锦葵等等，都是可以洗净直接放入口中咀嚼吃下的，当然裹面煎煮或者与鸡蛋同炒滋味会更好。与此相同的，还有蔷薇科的花儿，譬如，蔷薇、月季、玫瑰。它们都是又美又好吃。蔷薇科的植物还更加馥香。

锦葵类的花儿和蔷薇科的花儿都是一味甜美，且有回甘，并无任何让人不适之滋味。它全株入药，还具有清热解毒、镇咳利尿之功效。

一路慢慢走过去，又看到了玫红色、浅红色、纯白色的蜀葵，浓艳的颜色如同锦缎一般，《花镜》就曾称其"花生奇态，开如绣锦夺目"，又因其夏天开花，于是又名"端午锦"。蜀葵颜色璀璨，多为鲜艳夺目的红色，因此又名"一丈红"。还有罕见的黑色蜀葵，明代蒋忠就有咏《黑葵》诗云："密叶护繁英，花开夏已深；莫言颜色异，还是向阳心。"

雨还在下。再走上几步，就到了山顶的茶舍和咖啡吧。要了一杯绿茶，只是不知这绿茶是否岳麓山上的茶园所种。两人临窗而坐，静听风声雨声。空气清新之极，只觉身心如洗，恍若忘却了所有的尘世之忧。想起刚刚看到的明艳蜀葵，心里浮起淡淡的欢喜。

有的花儿，譬如蜀葵，自带乐天属性，是天然就要让人欢喜的，就像是大地的微笑。和这样阳光的花儿时常见面，人的灵魂也会被泼洒进一片阳光的。

夏枯草是唇形科植物，唇形科往往芳香型植物美人辈出，夏枯草也不例外，散发着淡淡香气。

夏枯草：没有不可能

湖南中医药大学药植园有一小块地，种植的都是夏枯草。春日里见到它的花儿，生得很奇特，从花柱上生出唇形的蓝紫色小花，每一朵小花像张着的方形小口，仿佛在诧异着什么。有蜂子嗡嗡地围着它飞舞着，准备采蜜回家。

看到标志牌，原来是久已闻名的夏枯草。夏枯草是唇形科植物，唇形科往往芳香型植物美人辈出，夏枯草也不例外，散发着淡淡香气。这种药草非常有个性，一般草木都是在夏天里达到生长最盛之时，冬季枯萎或者凋零，但夏枯草则是迅速完成了一生的使命，整个春天，它都在匆匆忙忙地成长、开花、结果，在夏至后即枯萎，故得名夏枯草。它也是很不爱热闹的花儿呀，因此避开了喧嚣之夏。

中医认为，夏枯草秉纯阳之气，得阴气即枯，因此夏至而梗枯。《本草纲目》中记录夏枯草，说它："冬至后生，叶似旋复。三月、四月开花，作穗紫白色，似丹参花，结子亦作穗。五月便枯，四月采之。"《植物名实图考》中也说它"不与众卉俱生，不与众卉俱死"。正因为夏枯草这个与众不同的特性，采摘它入馔入药也多是夏天。

夏枯草的药用部分就是它秀美奇特的花穗，有清热解毒、清火明目、抗菌消炎、散结消肿的作用。用花与瘦肉炖汤或与粳米煮粥，是可以防病治病的药膳。凉茶之中，也有夏枯草的成分。

我对夏枯草是充满温柔的感恩之情的,因为夏枯草曾经救过我的一个学生。那是我还在学校党委宣传部工作的时候,有一次跟着学校的副校长去医院看一位病重的大二学生。

这是个看起来苍白而文弱的男孩子,笑容却很灿烂而柔和,如同徐徐绽放的春风,一点儿都没有萎靡和颓废的样子。然而我分明清楚地看到他肩膀和手臂上都有大片触目惊心的红色伤痕,尤其手臂,几乎整条手臂都被伤痕覆盖。他刚刚做了两次手术,切除了身上15斤的肿瘤,极其虚弱。医生把他手臂上的皮肤取下,移到腰腹上去。术后他只能依靠流食提供营养。

我看了他的手臂一眼,便不敢再看第二眼,只觉仿佛有尖锐的疼痛感袭来,心里便涌上了酸楚和疼惜。这么年轻的孩子,难以想象他受了什么样的苦,也不敢想象。

他倒很高兴我们来看他。那天说了什么话,我都忘记了。只记得他一直都在说:"谢谢老师,谢谢你们的关心。"

有媒体记者过来采访,当时担任学校新闻宣传中心主任的我接待了她。也就是这次采访之中,我了解到了他更多的故事。他刚出生时,就患了黑色素纤维肿瘤和黑色素巨痣这两大先天性罕见病症,身上从腰部到臀部及大腿的皮肤,全部都是黑色。为了给他治病,父母只得外出打工。外婆和奶奶经常去山野之中采摘夏枯草、蒲公英、金银花等清热解毒、散结消肿的中草药为他煎熬,直到15岁,两位老人每天从未间断。医生曾预言他活不过5岁,可他却活了下来,而且品学兼优地成长着。

喝着夏枯草等药草熬成的药汤长大的他,希望能够医人救己,于是他以高分考入学校康复治疗专业。他常常用自己学到的知识调养身体。他希望,将来能有机会,将自己的学习治疗过程进行整理,帮助到更多的患者。这个男孩子,真的是在举重若轻地生活。他十分十分地努力,展现出来的姿态却是毫不费力的轻盈。

他依然坚持喝着夏枯草等药草熬成的中药,定时去医院诊治,渐渐地真的好了起来，创造了生命的奇迹。他开始又像一个普通的少年一样活力四射，充满了正能量。我开始听到一个又一个好消息，他又拿到了奖学金，他签到了家乡的医院……

除了药草的功效之外，我认为他能够好起来还有一部分原因是他极其的善良、乐观与开朗。中医养生四大基石，情志、饮食、起居、运动，情志居首，饮食居次，可见情志和饮食对人体调养的巨大作用。应该说，是夏枯草等药草散结消肿的疗效，以及他自己良好的情志摄养救了他。

大四临毕业时，他来办公室跟我道别，这时他的气色比大二时要好得多了，只是人依然瘦弱。临走时，他送了一张小卡片给我，卡片上写着："能够遇到一个像朋友一样的老师，谓之难得，感谢有你，让我度过最艰难的时刻。我会一如以前，平凡而又认真地生活。"这心怀感恩的学生，真是又一次感动了我。我能为他做的，实在太少了，而他居然一直记在心里。

他离开校园的时候，正好是六月，夏枯草开花结果的季节。愿夏枯草一直护佑着他，令他一直健康、平安。我在心里，默默地祝福着他。

地上落了很多枫香树的叶子，拾起一枚看，发现叶子长得跟红枫和悬铃木都不像，只是有三个裂片，仿佛某种动物的脚印。难怪枫香又叫作「三角枫」了。

枫香树：偷得浮生半日闲

小时候，很想去加拿大旅行一段时间，于秋冬季节里围上温暖的大围巾去看枫叶，水面晶莹，岸旁有小兔或小鹿轻巧跳跃。

其实那时并不是对加拿大有什么情结，而是对清冷空气里的深厚红叶有着情结。结果到了大学里，大学就在长沙城的岳麓山脚下。秋天里见到漫山遍野的红叶，惊喜得不得了，这是梦想中的地方呀！

这漫山遍野的红叶，主要是来自红枫和鸡爪槭等槭树科植物，以及来自枫香树这种金缕梅科植物，还有一小部分是来自乌桕树、柿子树等树木。枫香树长得十分高大，高可达三十米。而槭树科大多是小乔木。

工作多年后，深秋的一天午后，我和朋友小洁一起去爱晚亭漫步。真是喜欢秋冬时的阳光，像是温厚男子淡淡的笑。一缕缕的小凉风习习而来。那小凉风如同小孩儿鼓着腮帮轻轻往你脸上吹的一般，分外惹人怜爱。

从爱晚亭前面的山路上去，可以环绕岳麓书院而行，看红墙绿瓦，掩映在红枫、翠竹、银杏，还有枫香树之中。爱晚亭所在的是岳麓山的清风峡，清风峡内有两条碧涧"兰涧""石濑"从幽壑中汩汩而来，汇成爱晚亭前沉沉碧色的池塘。此刻的碧水中都映着秋天树叶的灼灼亮色。

红枫和鸡爪槭的叶片在秋冬季节都会转成火红的颜色，但枫香树不会是纯然的红。枫香树的落叶颜色有点像悬铃木的落叶，五色斑斓，它会先转成黄绿色，然后便是橙黄色，然后便是橙红火红，最后转成红褐色。站在枫香树下仰头向上看着，彩色叶子衬着蓝天，很是好看。风一吹来，木叶纷纷而下，在清凉的空气之中恋恋不舍地打着旋儿，最终一片一片绘在了水面之上。细细的涟漪如丝缎般漫开，水中的那个斑斓世界也跟着轻轻晃动起来。

春天岳麓山的色彩，也没有秋天这么明丽而繁复。这些美丽的叶子，好像知道自己的生命即将结束，要来一次最后的燃烧与释放，美得惊心动魄。生命的盛大与辉煌，生命的凋零与幻灭，全都融在了这漫山遍野的艳丽与缤纷之中。绚烂与喧闹之后，终究归于寂静与平淡，这是所有生命的轨迹与归宿吧。

我们沿着岳麓书院的山路慢慢走着。山下有着枫香群落，环绕岳麓书院就有好几棵极高大的枫香树，树干也挺直粗壮，有的两臂才能环抱过来。比红枫、翠竹、银杏都显眼多了。

地上落了很多枫香树的叶子，拾起一枚看，发现叶子长得跟红枫和悬铃木都不像，只是有三个裂片，仿佛某种动物的脚印。难怪枫香又叫作"三角枫"了。踩着清脆的窸窣落叶，在山路上慢慢走着，身旁是岳麓书院的亭台楼阁，闻到淡淡的草木香气，应该就是枫香树的香气。枫香树全树含有芳香的挥发油，因而得名，它和香樟一样，是名副其实的香木。

行到一处，看到一座老红墙的建筑，是湖南大学的某个学院。于是，我们便在这老建筑前的石凳上坐了下来。静静地，两个人都不发一语。枫香树叶轻轻飘落在身边，像是在故乡小城的悬铃木下走着，悬铃木叶轻轻坠落一般。唐人李涉说"因过竹院逢僧话，偷得浮生半日闲"，我们没有逢僧话，但逢了枫香树，也偷得浮生半日闲了。

过了半晌，小洁静静地说道："真是心灵吸氧呀，我缓过来了。"我微笑了，被尘世琐事缠绕着的我也在此时的岳麓山中觉得灵魂十分轻盈和自由了。小洁是记者，工作压力比我只大不小，感受应该比我更强烈了。

岳麓山上百分之八十以上的古木都是枫香树，年龄最大的枫香树也有四百多岁了。在长沙市区域内的古树名木中，枫香树种株数也几乎占到长沙全部古树名木总株数的五分之一，仅次于香樟树，是长沙第二大树种。而最古老的香樟树则存在于岳麓书院里，有七百多岁了。这些老树，承载着一个城市的记忆，也承载着每个市民的情感。

唐代诗人杜牧《山行》诗云："远上寒山石径斜，白云生处有人家。停车坐爱枫林晚，霜叶红于二月花。"这里的枫，指的就是枫香。古诗文中的"枫"，实际上大多指的是枫香树，而不是红枫或者鸡爪槭这类槭树。清代《花镜》中称它为"丹枫"，并赞它为"秋色之最佳者"。因了杜牧这首诗，岳麓山上原名红叶亭的亭子，便由清代湖广总督毕沅改名为爱晚亭，后成为中国四大名亭之一。如今深秋之时，来爱晚亭赏红叶的人简直络绎不绝。

在南京有栖霞山，也是赏红叶的胜地。栖霞山和岳麓山一样，红叶以枫香树和红枫为主。栖霞山上有一个枫林湖，湖周一圈儿都是高大的枫香树。栖霞这个名字真是美极了。枫香红了满山，似霞光恋恋不舍，栖息在山上，不舍离去。

这样色彩斑斓的秋天真是特别适合静静梳理一些过往的温暖回忆。把心事都拿出来，在秋阳下晾晒。就如史铁生曾在文章里说过的那样："秋天是从外面买一盆花回家的时候，把花搁在阔别了的家中，并且打开窗户把阳光也放进屋里，慢慢回忆慢慢整理一些发过霉的东西。"

柿子树：鸟儿们的节日

柿子树结果的时候，鸟儿们一定开心得像过节。

在我所居住的小区里就有一棵高大的柿子树，足有十几层楼房那么高。秋日周末的一个早晨，我从家里一出来，到了柿子树附近，便怔住了。此时柿子树上叶子都掉光了，但却结满了橙红色的柿子。满树的小橙色果子，如同挂着一个个喜气洋洋的小灯笼。

几只小鸟儿在树上跳跃，啄食着柿子，吃几口，就抬起头来扑腾翅膀，又唱几句，然后又低下头去啄食，看来对柿子的口味很满意。远远看上去很开心的样子。秋天的天空高远且蓝。这样，蓝天，红果，小鸟儿，又是一幅画。

因为柿子树很高，果子也挂得太高，单个的小柿子根本看不清楚。我仰起头，用随身带着的小微单聚焦，也聚不到。于是，我就独自在树下找了一番，果然找到几枚掉下来的柿子。这柿子小小的，和冬枣差不多大小，怪不得柿子又名朱果、猴枣。我轻轻摸了一摸这初红的小果子，硬邦邦的，并未完全变软，显然还没有熟透呢。

这种柿子树其实是野柿子树。它很得小鸟儿的喜欢，柿子成熟时常常能看到鸟儿们站在树枝上吃柿子，因此又叫作鸟柿子树。

这种柿子树岳麓山上也有。蔡锷墓附近就有，索道沿线也有。乘缆车从东门起到山上，沿线能看到上百棵乌柿子树，遥遥看去，橙红的果子如玛瑙一般嫣然可爱。宋代诗人叶茵曾有一首《柿叶》："柿叶红如染，横陈几席间。小题秋样句，客思满江山。"

岳麓山上的果树很是不少，像穿石坡湖附近茶园的金樱子、索道附近的板栗树、岳王亭右边的桑葚……秋天里，我们时常去山上转转，捡捡果子，时有惊喜。当然像乌柿子树，则是观赏价值更大于食用价值。

乌柿子树叶子在春天的时候，绿得十分清新，如同香樟树新生嫩叶一般的颜色。甚至柿子叶比香樟叶更显得水灵清澈。不过，这个时候，算不得它最美的时候。到了夏天，柿子的花儿黄黄小小，十分的不起眼，柿子叶也长得宽宽大大，失去了幼时的灵气，更算不得美。到了秋天霜降之后，柿子树则迎来了它的高光时刻，它如同平凡的灰姑娘一般轻轻转身，忽然间便拥有了公主般耀眼的美丽。

秋日里，乌柿子树的叶子会转成红色，是的，岳麓山的"层林尽染"可也有乌柿子树的一份功劳，不止枫香、红枫、乌桕这些树儿。不过柿子叶的颜色并不是像红枫那样遍体火红，而是红中带绿或带黄，斑斓得多，不算正宗的红叶，算是彩叶了。而乌柿子树叶子完全掉光之后，它才到达了它美貌的巅峰。

这个时候，柿子树露出一树乌黑疏落的树干，提着满身亮晶晶的橙红色小果子，让鸟儿们趋之若鹜，也让人的视线瞬间也温暖起来，能想起好些田园小诗。如果是在山林之中，有几幢粉墙黛瓦的小屋子，这一树红果就立刻有了水墨画儿的古典韵味，也是最好入画入镜的。不过岳麓山上的乌柿子树，还没有靠近粉墙人家的，但也已经很有一番人间清欢的意味了。

乌柿子虽然叫作乌柿子，但其实人也可以吃的，就是味道太涩了。所以吃它的人并不多，我也没吃过，虽然看着乌柿子模样诱人动过心，但是听说酸涩就不敢吃了，只好到市场上去买几个人类已经驯化的甜柿子解馋了。

很爱吃甜柿子。柿子的甜美又不同于橙子、橘子还有苹果，是一种叫人安心的甜蜜，然而又带着一缕清凉的灵气，和柿子相比，橘子失之凝重，橘子失之青涩，苹果失之呆板，只有梨子之口味可以和它相比，而梨子又太过清高，不如它接地气。北宋词人张仲殊曾赞柿子："味过华林芳蒂，色兼阳井沈朱，轻匀绛蜡裹团酥，不比人间甘露。"赞得极当。不过柿子虽然甜美，却性凉不可多吃，不能和螃蟹等寒凉之物同吃，也不能和橘子、橙子等酸性水果一起吃。

柿子树是我国的原生植物，据《礼记》中记载，柿子早在周代已经有种植。柿子树叶因叶片宽大，还和芭蕉叶一样曾经被当作书写的材料。据《尚书故实》记载：唐代郑广文酷爱书法而无纸，他借住慈恩寺，见室外有柿子树，便每日取柿子叶学写书法。因其格外勤奋，他竟将寺庙外的柿子叶都写完了。后来他把自己所写之字画合为一卷，并呈给唐玄宗。唐玄宗亲取御笔写在卷尾："郑虔三绝"。

陶弘景《名医别录》中载："柿果性味甘涩，微寒，无毒。有清热润肺、化痰止咳之功效，主治咳嗽、热渴、吐血和口疮。"李时珍《本草纲目》中载："柿乃脾、肺、血分之果也。其味甘而气平，性涩而能收，故有健脾涩肠，治嗽止血之功。"柿子能清热润肺、止血润便，缓和肿痛。

柿子的加工主要是制成柿饼。将柿饼上的白霜细细扫下，是为柿霜。柿饼可以润脾补胃，润肺止血。柿霜能润肺生津，祛痰镇咳。柿蒂也有药效，可下气止呃，治呃逆和夜尿症。

酸枣：不再失眠

九月的傍晚，西方的天空犹如一个童话。我又来到学校药植园徜徉。此时的芙蓉叶、山楂叶已经有几片变黄了，檫木叶则都已转为斑斓秋色。紫藤长廊下飘零着明黄色的山楂叶，但廊上的凌霄花开得越发多而且艳了。转头望去，依然有夏天未燃烧完热情的夹竹桃蘸水正开，明亮且生动着。秋之静美，秋之明丽。

这时候药植园的几株酸枣树上，已经结出小小的酸枣果了。我便忽然想起岳麓山上穿石坡湖旁的酸枣树来，这时它也结果了吧？上大学时，到了秋天，我们会去岳麓山捡山果，穿石坡湖靠近中南大学，湖旁的酸枣我们是必捡的。在山中的黄昏中静静吹着凉风拣那些圆鼓鼓胖嘟嘟的清香果子，真是愉快极了的回忆呀，仿佛每一颗果子都沉淀了山里麦芽糖色的黄昏。

早在夏天的时候，我便在酸枣树上看到初绽的小花儿了，比萼距花还小的青绿色花朵，不细看根本不会注意到。用了微距镜头放大看，能看得到单瓣的花瓣外卷，四枚花蕊，花蕊上满是金黄色的花药，看着就觉得甜蜜极了。是很细小但是很温柔的花儿呀。

酸枣果青涩时极酸，因此，就算酸枣树挂了一身的果子，也不会被学生和鸟儿很快摘尽吧。初夏的樱桃树刚刚结出青青的小樱桃，就会被一扫而光了。酸枣树应该不会吧。

虽然酸枣太过酸涩不能直接入口，但是用它加工制成的食品却很受欢迎，如酸枣糕、酸枣汁、酸枣粉，等等。酸枣汁尤其好喝，每喝一口，都酸得微微皱眉，可是口感极为生动，那酸味在舌尖萦绕片刻，又都化成了回甘。仿佛恋爱中的女孩浅颦薄怒的模样，令男孩莫名担心，可又莫名甜蜜。这酸甜滋味，正是青春才有的喜忧参半的初恋味道。

想起大学里吃过的酸枣蜜，清新甘美，如一脸甜美的微笑。难以想象这是举着尖刺的酸枣树的蜜。这也给了我的写作以启发，即使是已对人间绝望与清醒，依然要满怀悲悯，要用文字添上一抹温情的暖色，不忍下笔太狠。

酸枣是枣的变种，为鼠李科枣属植物，是充满母性的一种植物，仿佛乡野中的母亲，温和，慈爱，身上永远散发着让人心安的馨香。它生得单瘦，却并无弱不禁风之感，给人一种极坚韧的感觉。

酸枣是十分朴素的，它的花儿很小，并不引人注目。它不仅隐藏了它的美，还特别警惕——树干与树枝之上生满了尖细的托刺。它要保护好它自己，以及它的孩子，它的花与果。民国才女陈衡哲的丈夫任鸿隽曾对她说："我希望能做一个屏风，站在你和社会的中间。"酸枣没有谁能够给它竖起一道屏障，它只好举起它自己的刺了。

因酸枣的尖刺，它还有个名字，叫作"棘"。在古诗词之中，棘多是和荆一起连用，如唐代诗人李商隐所作的《北齐二首》中的诗句："一笑相倾国便亡，何劳荆棘始堪伤"。荆棘，荆指的是无刺的荆条，棘指的是有刺的酸枣。棘与荆在野外常常生长在一起形成带刺的小灌木，最易阻塞道路，因此就产生了荆棘。但在《诗经·邶风·凯风》里，棘，也就是酸枣树身上所寄托的感情是温暖的，它是儿子对母亲的感恩与牵挂之心。

《邶风·凯风》以棘也就是酸枣树起兴。"凯风自南，吹彼棘心。棘心夭夭，母氏劬劳。凯风自南，吹彼棘薪。母氏圣善，我无令人。"那人感念母恩，轻轻地吟唱着，一缕暖暖的小南风，吹拂在了酸枣树的嫩芽上，枣树芽心嫩得如同要掐出水来。母亲养育儿子，也真是辛苦忙碌啊。一缕暖暖的小南风，吹得酸枣树哗啦啦地迅速成长，母亲如圣人一般明理又善良，儿子过得不好不能怨娘。

酸枣具有补肝、宁心、敛汗、生津的功效，可治疗神经衰弱、心烦失眠、多梦、盗汗、易惊等症。《神农本草经》中就把酸枣列作上品，说它能治疗"心腹寒热，邪结气聚，四肢酸痛湿痹"，久服能"安五脏，轻身延年"。《名医别录》中还称其"补中，益肝气，坚筋骨，助阴气，能令人肥健"。

酸枣果核内的种仁酸枣仁也可入药，而且是著名的中药。《本草图经》记载，"酸枣仁，主烦心不得眠"。酸枣仁味甘酸平，可安神养心，主治失眠多梦、心烦心悸、神经衰弱等症。著名中成药"天王补心丹"，就是用酸枣仁为主料制的。

如今的社会压力大，失眠也困扰着年轻人。有一段时间，我也因忙碌而失眠，凌晨三四点便醒来，难以入眠。其实特别忙碌的时候，是没有时间来忧伤和矫情的，尤其忙的都是自己喜欢并且擅长的事情的时候，会觉得整个人都被点亮了，浑身光芒闪闪的。忙一些琐碎的事情就难免烦恼失眠了。

失眠之时，便睁大眼睛看着天花板，等待时间一点一滴流淌而过。再睡不着就起来看书，看到漫漫长夜斗转星移，直到东方渐白。

有一日，遇到学校中医学院的一位老师，闲闲聊起这个事儿，她便推荐了酸枣仁汤。酸枣仁汤是酸枣仁、甘草、知母、茯苓、川芎等制成，具有养血安神，清热除烦之功效。于是便依言熬了酸枣仁汤，在临睡前一小时缓缓饮下。果然觉得心神安定了好多，渐渐倦而入眠。

酸枣蜜也有极佳的安神效果，晚上喝了，也可以改进睡眠质量。渐渐地，我就不再失眠了。

我得感谢酸枣仁的温柔与慈悲了。

春天开的桂花,自然是四季桂。但四季桂开得较为疏落,不似秋桂那么繁密。因此,春桂之落,比之秋桂更加轻柔。

四季桂：温文尔雅

盛夏的一个夜晚，我独自出去散步。小区里现在只有紫薇花开了，没有什么花香，于是就慢慢怀想着早春的玉兰香、初夏的栀子香、深秋的桂花香以及隆冬的蜡梅香。

忽然，又有一缕甜蜜而温柔的香气，幽幽微微地沁入心脾。像是深秋的桂花香，但是却又清淡很多。深秋盛开的桂花，金桂、银桂、丹桂，那馥郁的香气汇成了甜蜜的洪流，汹涌地将整个小区覆盖，让人心甘情愿地沉沦。而这缕香气则是温文尔雅，仿佛眼神明净、微微笑着的气质美人。

忍不住循着香气的方向静静找去。这是幽微的，若有若无。风一吹来，它便像星光一般闪闪烁烁的，让人忍不住想要伸手抓住。风一停下来，它便仿佛消失了踪影。神秘得令人好奇。

终于找到了，是四季桂，在几株玉兰树旁寂静生长的一株四季桂。我想起来了，春天里玉兰花开，朵朵如同明亮灯盏的时候，四季桂也生出了细小柔软的米黄色花朵。但它的花朵太小又太少，香气也清淡，完全被玉兰艳压，以至于我都没有注意过它。

玉兰花期很短，只有十天左右，很快，疲倦的雪白花瓣便落了满地。而四季桂还在静静地开放着。不过，春天里的花儿太多啦，玉兰谢后，桃花、李花、樱花次第开放，目不暇接，也没能顾上多看一眼四季桂。只有在这炎热的盛夏之夜，众多花儿都躲了起来休息，连栀子花和广玉兰的花期都已经过了，四季桂还是如以往一样，寂静地散发着淡淡芳香。此时，才让我关注到它。

于是，我便在四季桂花树下徘徊良久，淡雅香气中只觉通体舒畅。一直到夜晚的凉意裹了一身，我才恋恋不舍地离开。它实在是很温柔的。

我是素爱桂花的。但我爱的，基本上是秋天里开的那些桂花，也就是金桂、银桂、丹桂。桂花主要有四种，金桂、银桂、丹桂、四季桂，前三者在秋天开放，又叫作八月桂，通常人们所说的桂花，也指的是八月桂，有一部电视剧就叫作《八月桂花开》。四季桂一年四季都有开放，但它的花朵比秋桂要稀疏很多，香气也淡很多，因此，它总是被人们不经意地忽略。

我在岳麓山下中南大学所度过的青春，就是被桂花所笼罩着的。因此，我对桂花有着特别的情意。中南大学南校区和主校区种了很多金桂、银桂和丹桂。中南主校区星园就有一片桂树林，云麓山庄那里有一棵宛若一间绿色小屋般的大金桂树，南校区的文学与新闻传播学院后面，也是好几棵冠盖如云的金桂树。秋天里，满园子的香气，甜美如糖果，温厚似醇酒，连风都是微甜的。人走在甜香里，如步步行在云端，幸福得难以言语，只想在花香和软风里做一个梦，这人生也就圆满而没有遗憾了。

那时会小心地收集一小捧的桂花，放在一个寸许长的干净小布袋里，放在枕畔。浸在这样甜蜜的香气里，睡眠也跟着如同桂花一般又香又软。但那令人醺然若醉的馥郁香气，也只有十多天的时光。秋桂不久后就落尽了，徒留淡淡芬芳，令人惆怅不已。

而四季桂，却是一年四季很大一部分时间都是在的，虽然它并没有像秋桂一般惊艳了时光，但却温柔了岁月。因为它永远都是在那里的，无论酷暑还是严冬。只要你静下心来，就能发现它温文尔雅的香气，犹如安静女子低头浅笑。

有一年冬天天气严寒，下了一场大雪。雪后我去中医药大学药植园看望植物，发现竟然还有精神抖擞的开花植物，就是茶梅、蜡梅以及四季桂。深红色的茶梅艳光逼人，如倔强的女子唇边一缕轻蔑笑容，蜡梅散发出比平日里更馥郁的香气，冰天雪地里芳气袭人。而四季桂，依然温文尔雅，和平常没有什么不同，似乎对眼前的一切浑不在意，虽然它娇小的花朵儿也被冰雪冻住了。

他强由他强，清风拂山冈。他横任他横，明月照大江。无论怎样艰险的处境，四季桂总是举重若轻，泰然自若。我不知道它的内心到底有多强大。

盛唐诗人王维的《鸟鸣涧》，是我所钟爱的一首静雅之作："人闲桂花落，夜静春山空。月出惊山鸟，时鸣春涧中。"夜晚的春山，寂静无声，只有桂花悄然坠落的轻软之声。月亮出来了，又大又亮，光芒如水银泻地，惊得山鸟乱飞，在那春山涧水边，发出了一声又一声悦耳的鸣叫之声。

春天开的桂花，自然是四季桂。但四季桂开得较为疏落，不似秋桂那么繁密。因此，春桂之落，比之秋桂更加轻柔。灵魂要宁静到一定程度，才能听到那春天的桂花疏疏落落的轻坠之声吧。心如月光，空明通透，才能感受得到那最幽微细小的大自然的美，引发喜悦丰盈的生命体验。王维的诗，已悠然忘我，是王国维《人间词话》所道的"无我之境"。

王维诗中的气质，跟他笔下的四季桂是契合的。四季桂也是这样悠然忘我的植物。无论外界如何变幻，我自保持自我的风度与心神，一直散发着淡淡的香气。它是细水长流的芬芳，从来不会惊鸿一瞥，永远不用担心失去，它就在你身边不远处，静静芳泽你的身与心。正如蓦然回首，那人却在，灯火阑珊处。

四季桂看似普通，其实是深藏着智慧的花儿。它是能把平凡的日子过出滋味来，让简单的生活沁着审美的情趣与意味，从而获得内心的平静和安宁。而内心的平静和安宁，就是一个人幸福感的来源。现在的人压力太大，过得太紧绷、焦虑，不自由也不自在，还不如一株四季桂，活得通透、丰饶而自足。

我在阳台上，种下了一棵小小的四季桂，只有一米多高。总觉得阳台太小，放不下太多花儿。真想有个种满花草的院子，把四季桂种在居中位置，让它温柔慰藉尘世中的疲惫心。

山樱花枝袅娜下垂，有的花枝还几乎蘸到水面之上了。宋代方岳诗云："山深未必得春迟，处处山樱花压枝。"诗中说山樱花压枝，是言花之多吧，

山樱：清秀雅致

年年春花开，年年看不厌。看花能令一颗被世间凡尘琐事所困扰着的心瞬间柔软而又芬芳，重新平静而充满力量。看看时间到了二月下旬，去省植物园看樱花吗？不过这个时候，樱花还没有开吧。

结果看朋友圈，一位记者朋友说望月公园的山樱花开了，并在圈里配了一张他拍摄的专业摄影照片，是雪白晶莹的花树，围着一个皎皎小湖。原来，长沙樱花中最早开放的，是山樱花呀。看照片上樱花团团簇簇，很是可爱，于是动了心，便于次日前往了。

望月公园位于咸嘉湖路北侧，园内有著名的西汉吴氏长沙王王室墓群，因此它又叫作王陵公园。望月公园并不大，一走进去，便是满眼灵动的山樱花，清秀雅致，极具古典风韵。

山樱花和在省植物园见到的飞寒樱和染井吉野樱这类早樱并不大相同，它是通体雪白的，剔透也灵秀，而且花朵还要更小巧一点儿，花型是相似的。樱花本来就是一种极有灵气的花儿，而眼前着山樱花的灵气又仿佛居于所有樱花之上。它好像是清晨的露珠开出的花，花色里含着层层漾动的水光和日光，比栀子花、茉莉花这些洁白的香花还要白上三分，也灵上三分。

山樱花枝袅娜下垂，有的花枝还几乎蘸到水面之上了。宋代方岳诗云："山深未必得春迟，处处山樱花压枝。"诗中说山樱花压枝，是言花之多吧，的确，花枝上的花儿生得很密集，可是同时又是很轻盈的，恍若是枝上抹了一层轻雪，或是一缕月光。沿着小湖一圈儿的花树，便像是沿湖飘落了满满的轻雪，或者是洒下了可掬可捧的月光一般。

月下看山樱花，浅蓝色的月光，浸着这灵气四溢的山樱花，会是一阕宋词一般的美吧。只是，我家离望月公园实在有点远，晚上过来赏花有点不现实。只好趁着白天细细饱览它的美了。

风一吹，山樱花枝便轻颤不止，雪白花瓣纷纷飘坠在发上、肩上，画面美得让人沉醉。也有不少市民和我们一样流连在这梦一般的樱花湖畔，给自己拍照，或者给花儿拍照，笑得一脸幸福。"嫣然欲笑媚东墙，绰约终疑胜海棠。"这充满灵气的小花儿，它清清秀秀、干干净净的美，竟胜过了"花中神仙"海棠花。

回来看新闻说，望月公园共有四百余株山樱花树，不仅是长沙市，还是湖南省内，乃至全国最早的樱花绽放的地方。山樱花树属于中国本土野生樱花品种，也是湖南唯一自己培植出的樱花。花期虽然可以持续一周，但是盛花期只有三天左右。好幸运，我属于见证了它绽放时倾城之美的人了。

春天的樱花是让人倍感春光之美的。山樱花凋谢后，再过一周左右，省植物园的飞寒樱就开了。飞寒樱是省植物园开得最早的樱花了，粉红粉白，花瓣柔嫩。看花时正值微雨清寒，花瓣上点点雨露，别有一种空灵蕴藉之美。风一吹来，花瓣轻舞飞扬，美得有点不真实，令人如身处梦境之中。

又过了一周后，则是染井吉野樱的盛花期了。植物园樱花湖畔的染井吉野樱都已花满枝丫。染井吉野樱和飞寒樱又有姊妹花之称，花型相似，花期又是一前一后。飞寒樱的盛花期正是染井吉野樱的初花期，而飞寒樱谢尽后，染井吉野樱正当盛时。

接下来，就是中晚樱了，比如，八重樱、普贤象、郁金樱，等等，粉红、雪白、碧绿，无不令人赏心悦目。走在樱花飘坠的园子里，便是走在烂漫的春光中。

如今，长沙春天看樱花的地方真是好多呀。除了望月公园、省植物园，还有晓园公园和橘子洲头。我家所在小区附近的樱花文化园樱花也是开得云蒸霞蔚。只是再去看花时花多已谢，地上宛若下了一场樱花雨，赏花人依然很多。我也是的，因为隔得近，白天看了一次，晚上也走过去看了。

正好那天月色很好，夜晚赏花的人并不比白天少。市民们是舍不得这美的，趁着月色也要细细赏落花。这月下花间沉醉的人群里，当然也有我，"樱花落尽阶前月，象床愁倚薰笼。"

百日草长得有点像向日葵，它也的确和向日葵同族，为菊科向日葵族。这种来自热带的花卉，开放起来也是热烈奔放的，它的花语就是兴奋。

百日草：明亮的心

初冬冷雨中，草木依然绚丽如深秋。一路行来，小区里柿子叶和枫叶红，银杏叶和樱花叶黄；校园里丝兰雪白，茶梅嫣然。

忙碌得很，幸好有草木怡心。中午回家，路过药植园时，忍不住又进去看了下药植，被一大片百日草给迷住了。百日草的颜色非常丰富，也很鲜艳。舌状花深红色、玫瑰色、紫堇色或白色，学校药植园里，多的是深红色的百日草。

百日草为菊科百日菊属，又叫百日菊。原产墨西哥，有单瓣、重瓣、卷叶、皱叶和各种不同颜色的园艺品种。百日草花期很长，从六月到九月，几乎可以持续开放一百天，所以叫作百日草。

百日草长得有点像向日葵，它也的确和向日葵同族，为菊科向日葵族。这种来自热带的花卉，开放起来也是热烈奔放的，它的花语就是兴奋。又美貌，又上进，又充满了生命的活力，这样的花儿，怎么不叫人喜欢呢？

百日草的舌状花和管状花非常明显，尤其是管状花，在舌状花簇拥下便如星星花一般，朵朵小花还很精致，五个尖尖的花瓣均匀分布，五角星一般。舌状花很多，因此百日草经常是重瓣的。想着用藤编制一个袖珍小篮子，再在篮子里放上几只百日菊，就充满了夏日田园的气息吧。

百日草很受蝴蝶的青睐。忽然想起向日葵来，向日葵那么大的花盘，似乎只吸引蜜蜂呢，很少看到蝴蝶停留在上面。而百日菊的花朵上，总是停留着各种各样的蝴蝶，是极好的摄影素材。我就曾经拍过一张，发表在了报纸副刊。

有趣的是，百日草第一朵花开在顶端，然后侧枝顶端开花比第一朵开得更高，后面也是一朵比一朵高，所以又得名"步步高""步步登高"。因此，据说栽种百日草，会激发人们的上进心。

这个校园里，有上进心的人自然多得很。医学生们的勤奋有目共睹。而我印象深刻的，则是港澳台这边的一些大龄留学生。比如，66岁取得针灸推拿硕士学位的苏大姐。

苏大姐虽然是学生，但比老师们年龄都大很多，于是老师们便都称呼她苏大姐。苏大姐本是学会计的，但内心深处一直有个中医梦，于是，一直对中医热爱的她，退休后潜心自学中医。自学八年中医之后，她如愿以偿地考上了湖南中医药大学针灸推拿学的硕士研究生，并以优秀成绩顺利取得学位。她其实不用这么辛苦，但内心有一股力量在支撑她不断学习，不断前进，即使是在人生的黄昏中，也可以活得跟人生的清晨一样充满激情。

我被她的求学精神所感动，和记者合作写了个关于她的新闻报道，结果获了当年的湖南教育新闻奖。苏大姐知道了，跟我说，她还准备考中医师执照，去北京中医药大学进修，希望能学以致用，真正地悬壶济世。"那时，老师有空再来采访我，说不定还能再得一个奖。"她很可爱地跟我开着玩笑。

像苏大姐这样不管年龄和环境，一直努力追求进步的人，那些年在学校涌出了不少，一度成为毕业季的新闻人物，比如，马来西亚的母女博士、兄弟博士，台湾省的父子博士，香港地区的夫妻博士。他们的事迹我都一一采写过，觉得他们真如同这些百日菊一般充满了活力，给人以正能量的鼓舞。

和百日菊一样喜欢阳光，恣意生长的，药植园里还有万寿菊。虽然叫了这么一个华贵的名字，但实际上是一种路边随处可见的野草。真像山野中朴素健美的姑娘，有一种健康蓬勃的力量。万寿菊中有一种芳香万寿菊，植株是菊科植物里少见的高大，足有两米多高，一棵植株可以开上千余朵花。也是充满活力和激情的花儿了。

还有一种迷你型百日草，生得和百日草有几分相像，很明显的舌状花和管状花，只是迷你型百日草更多了几分软萌可爱。

珙桐：鸽子树

每次周末去省植物园，总觉得无比惬意。在我们的学生时代，去省植物园，还要交门票，樱花季门票尤贵。而如今，省植物园已经取消门票，市民进园只需预约，不得不说，长沙人民的幸福感又大大向前迈进了一步。

省植物园里有樱花园、杜鹃园、玫瑰园、茶花园、桂花园等，这些主题花园的花木我大多在《花木扶疏》这本书里写过了。植物园里还有我颇感兴趣的神农本草园以及珍稀植物园。神农本草园的植物不少学校药植园也有，最为熟稔的莫过于满地的山麦冬了。然后神农本草园的蚊子也是和药植园一样的多，都要把人咬哭的节奏。可能药草强烈的气味更加吸引蚊虫，于是，每次去神农本草园总要随身带上一盒清凉油。

省植物园的珍稀植物园和萌生植物园相隔很近，大约是最近去得最多的地方了，那里引种保存有170多种珍稀濒危植物，如银杉、珙桐、南方红豆杉等，植株都很高大葱郁，仿佛还在原来的深山之中一般，都各自携带来了默默无语的深邃故事。

珙桐，便是这其中一种沉默的植物，怀揣着无数秘密。省植物园的珙桐，大多引种自湖南张家界八大公山。在八大公山，有上千亩的珙桐纯林，是目前发现的珙桐最集中的地方。

炎炎夏日，走在这阴凉的珍稀植物园，便如走在青山之中一般，清凉之意扑面而来。人的呼吸也格外畅快，头脑也很是清醒，是因为空气中氧气含量比较高的缘故吧，真是天然氧吧。但这样酷烈的天气，对珙桐来说，是不那么舒服的。它一般喜欢生活在温凉湿润的环境里。

珙桐被种植在珍稀植物园的深处。我和我家先生为了找它，还颇费了一番力气。我们一边走着，一边查看着树木上的标牌，有很多之前并未见过的珍稀植物，平伐含笑、沉水樟、青檀、蓝果树、银衫、钟萼木……仿佛又有一扇大门在眼前徐徐打开了。

走了不久，我们真的遇上珙桐了。珙桐长得很是高大，只能仰视，看到它的叶片呈现出美好柔和的心形形状。我记得之前查过资料，珙桐是能长到十几米高，最多能长到30多米。

夏日里不是珙桐的花期，春天才是。我惊叹原来珙桐的"花"如此简洁干净，"花"开两瓣，就如同一只只即将张开双翅向着天空飞翔的洁白鸽子，有一种纯洁宁静而又温柔的感觉。两瓣之间，点缀着一枚紫红，犹如鸽子的头。一树繁花，便宛若栖息了一树的鸽子。正因为花如鸽子，因此，珙桐树也被称为"鸽子树"，它还被寄予了美好的寓意，那就是象征着和平。

其实，那洁白如鸽子翅膀的"花瓣"是苞片，紫红的那一枚才是珙桐真正的头状花序，雄花和雌花同在。植物真是常喜欢迷惑人们。珙桐没有花瓣，白色苞片便忠实地执行着花瓣的职能，具有吸引昆虫、保护花粉的作用，而且宽大的苞片也可以护持花序不受雨打风吹。这是古老植物朴素的智慧了。

想象着八大公山春天里千亩珙桐树林齐齐开花的情景，那应该如同无数只鸽子栖息在碧色山林之中吧，纯美而又宁静。

珙桐身上，也是有着古老的岁月汩汩流过的痕迹。它是一千万年前新生代第三纪留下的孑遗植物，为蓝果树科珙桐属。第四纪冰川时期，很多植物遭遇了灭顶之灾，绝大部分珙桐相继灭绝，只在少部分幸运儿在我国华中地区的小部分山川中得以幸存，并一直繁衍至今，成为植物界的"活化石"。

珍稀植物园还有一棵德保苏铁，也是著名的植物界"活化石"。苏铁起源于古生代的二叠纪，于中生代的三叠纪开始繁盛，也是第四纪冰川来临大量灭绝，只有少部分幸免于难。除了德保苏铁和珙桐之外，珍稀植物园还有好几种同样历经古老岁月、逃过第四纪冰川侵蚀的植物，比如钟萼木。

它们都曾遭遇大难，却侥幸存活了下来，有着共同的经历与记忆。也不知道夜深人静之时，珙桐、苏铁和钟萼木会不会在珍稀植物园里聊天，以它们特有的植物交流方式？

除了省植物园，中南林业科技大学也种有珙桐。我有朋友是中南林业科技大学毕业的，听他谈起今年，也就是2021年春天林科大图书馆旁有一棵珙桐树开花了。这棵珙桐也是2006年从八大公山引种栽培的，这是它第一次开花，当时就惊艳了不少师生。

等来年，一定要去省植物园或者林科大再看看珙桐树开的花儿，那鸽子般洁白美丽的花儿。

深山含笑：又宜笑 既含睇兮

深山含笑。怎么可以有这么美丽的花名呢。倒让我想起屈原的《山鬼》来，"若有人兮山之阿，被薜荔兮带女萝；既含睇兮又宜笑，子慕予兮善窈窕"，岂不正是深山含笑的最好诠释了。

锦葵科植物盛产明艳型的植物美人，唇形科植物盛产芳香型的植物美人，而木兰科的植物则是盛产美貌和气质兼备的植物美人，既生得端雅秀逸，又有芬芳气息，木兰科含笑属植物尤其馥郁。一朵含笑属的花儿，便如同一泓小小的香气湖泊。

含笑属也是一个不小的家族，除了最常见的含笑，还有醉香含笑、平伐含笑、乐昌含笑、厚果含笑、深山含笑、白兰、黄兰等数十种。省植物园里，就有其中好几种，比如，醉香含笑、平伐含笑以及深山含笑。

也是在省植物园，我第一次见到深山含笑。但当时是盛夏，正是深山含笑最朴素的时候。我眼中只看到几株平平无奇的小树，和母校南校区的辛夷差不多高，挂着一个"深山含笑"的牌子，半朵花也无。

微微有些遗憾，于是暗暗记下来，来年春天，一定要去省植物园看深山含笑。后来却在次年的三月，便见到全盛期的深山含笑了，雪白晶莹的花儿，花型与木兰科的白玉兰和广玉兰很有点相似，而花色犹有过之，温润如玉，又如冰片一般剔透晶莹，如同深山之中，其美不为人知，遗世而独立的绝代佳人。但这美人却并不忧郁，而是含着清浅的笑容，澄澈的眼神里藏着星辰大海。

一时间不由得想到了金庸笔下的小龙女，在古墓中孤独地长大，又与杨过在古墓中一起双双老去，在这俗世上现身的时间，可谓惊鸿一瞥。当她与她心爱之人携手退出江湖归隐之时，定是淡淡含笑的。她并不在乎她的美是否为人所知，她只在乎她心中的那个人以及她想要的生活方式，是内心坚韧笃定的美人。这样的气质，跟深山含笑也是极契合的。在与俗世隔绝的深山之中，深山含笑最大程度地保留了它天真气质与赤子之心。

曾经也看过天山雪莲的照片，如碧绿色的包菜，真是大失所望。倒是深山含笑，很当得起人们对天山雪莲的那种想象，不食人间烟火，姑射真人那般清灵通透的美。

木兰科植物花期大多不长，白玉兰只有十天左右。但深山含笑花期可长达一月。不过，我到省植物园看到深山含笑之时，已经有好些花瓣坠落在地上。我捡起一枚看，只见通体晶莹，并不像玉兰那样根蒂部还有一抹轻柔的淡紫色。

深山含笑也是极香的植物。我在雨中深深吸了一口气，只觉整个人都轻飘起来，但辨不清楚是深山含笑的香气还是其他花儿的香气，湿漉漉的空气里，各种花香草气都糅合在一起了，汇成芬芳的气味河流。

后来有读到一生从事林业工作的湖南老人罗仲春在 80 岁时写下的《崀山草木情》。罗仲春曾经与儿子罗毅波合编过植物名录《新宁植物》，《崀山草木情》则是他关于植物以及人与植物故事的记录。书里面说到新宁的深山含笑林，有着极馥郁甜美的芬芳，距离几百米之外，就能遥遥闻到特别舒心的香味。待到真正进入林中之后，便能看到 700 多棵深山含笑树，树树繁花，幽香入肺。

真是神往之极了，深山含笑，果然是在深山之中含笑而绽呀。什么时候，也去新宁崀山，看看罗仲春老人笔下的深山含笑林，深深闻一闻，那醒脑清心的幽香呢？也是人间清福了。

深山含笑还是一种药用植物，花儿味辛、性温，功效与玉兰、辛夷接近，具有散风寒、通鼻窍的功效，它的根也具有清热解毒、行气化浊之效。

落羽杉：温柔羽毛般的

师妹秋颐说，看了我的关于草木的一本书，令她想起了花满楼与上官飞燕的一段经典对白："你有没有听见过雪花飘落在屋顶上的声音？你能不能感觉到花蕾在春风里慢慢开放时那种美妙的生命力？你知不知道秋风中常常都带着种从远山上传过来的木叶清香……"

因着师妹的话语，我不由得想起了中学读古龙时的日子。

那时，在外婆家二楼的书房里，武侠书都让我翻了个遍，能找到的金庸和古龙的书也都看完了。

古龙笔下我最喜欢的人物，大概就是花满楼和小鱼儿了。花满楼是江南花家第七子，独居小楼，"长相很斯文、很秀气"，有一颗充满诗意的心。虽然他目不能视，却依然如此热烈地爱着花儿，爱着生命，爱着这个世界，爱着美丽的少女。

小说里，少女石秀云要花满楼摸摸自己的脸，说下次再遇到，就算不能说话，他摸到她的脸，也能认出她。他依言而行，指尖轻轻触及她光滑如丝缎的面颊，心里忽然涌起了一种无法描述的感情。

这段描写极温柔，又隐含着淡淡的哀伤，有一种令人心悸的美。也让我想起我在秋天里曾遇到的一种温柔的植物，落羽杉。

有一年深秋去省植物园，这时省植物园已经是极缤纷的色彩了，火红的乌桕、枫叶，金黄的银杏、白蜡灼灼照耀着人的眼，而杉科家族，包括水杉、池杉、落羽杉等，则是以沉静的棕褐色调和着这片明亮。绚烂的色调倒映在樱花湖中，显得格外明净。

我缓步走在杉林之中，感受着秋阳细细碎碎的温暖。我很喜欢这如同禽类颈项漂亮羽毛般的棕褐色，并仔细辨认着水杉、池杉与落羽杉。这三种杉科植物有着相似的叶子，只是水杉的叶子交互对生，池杉的叶子略往下弯，而落羽杉的叶子则是平平的线形。春天的时候，它们都是柔和的烟水绿，犹如少年春衫薄。到了秋天，都会变成美丽的棕褐色，并不容易区分。

秋阳温暖，我不禁站住了，轻轻闭上了眼，静静地去听风吹落叶的声音。就在这时，我忽然感觉脸上仿佛有温柔指尖悄悄拂过，不由得微微一怔。

低头一看，莞尔了。原来是一枚落羽杉的落叶，刚刚被风吹坠之时，不经意间滑过了我的脸。

拾起那枚已经被秋天沉淀成古铜色的落叶，放在手上轻轻转动着。落羽杉叶仿佛一根羽毛一般轻轻地拂着掌心，依然那么，那么温柔。我不禁仰起头来，看着面前这棵高大挺拔的落羽杉。是它刚刚让这枚羽毛般的落叶轻盈滑落的吗？

落羽杉是高大乔木，但却有一种骨子里的细腻之感。和水杉一样，落羽杉也是古老的"孑遗植物"，它身上也曾有古老的岁月汩汩流过。落羽杉是极高大的乔木，最高可以高达五十米。

大多草木，都有着阴柔的女性气息，而落羽杉虽然也有温柔之感，其气质却是完全男性化的。如同拟人化的话，应该是一个有着大地般深沉内敛的气息的男子，仿佛内心里藏着很多故事的感觉。他也不是爱说话的人，气质沉静，眼神温和如一面湖，却又幽深如一口井。会情不自禁地想要走上前去，仰起头看他，仿佛在等着他静静地拥我入怀。

仿佛是久别重逢的昔日恋人，经历了太多太多，却一句话都说不出来，一切浸在静默无言之中。而往昔的晶莹片段，则在心里闪闪烁烁地浮现着，如同这穿过衫林的细细碎碎的秋阳。难道前世，我是落羽杉旁的一棵香樟，或是一株青枫，或是偶尔路过栖息在它肩头的鸟儿，抑或是在它身边的湖里，一直注视着它，想靠近它又无法靠近，只能游来游去的一条惆怅的鱼？谁能说清楚，前生今世，人与植物间这奇妙的感觉和缘分呢？

我静静抚摸着落羽杉褐色斑驳的树皮，内心深处涌起无限感触。与始终沉默的柏树不同，落羽杉仿佛是始终温柔含笑的。他好像明白你内心深处的一切伤痛，令人不自禁地浮起被读懂读透的感动。

杜英：小姑娘的睫毛

春天的早晨，走在校园里，听到琅琅书声，大多是背方歌或者读英语。药植园里，新月湖畔，书声尤其密集。经过学校一鉴塘的时候，发现水塘边有个男生，竟穿着汉服在背方歌，这也够有仪式感了。

看到地上一层细细的青绿色小花，只觉淡香袭人。原来是比桂花和枫花还小的香樟花儿，悄悄地开放，又悄悄地谢了。我仰起头，一棵一棵香樟树细细地看过去，香樟树都开花儿呢。有没开花儿的树，不过那不是香樟树，那是跟树形和香樟树长得很像的杜英树。杜英树的花期在盛夏。因此，香樟开花的时候，杜英是沉默的。

暑假里，我回中医药大学办公楼开会，看到大学生活动中心流韵石前，数朵月季正明艳绽放。校园格外安静。天抹微云。林荫道上银杏仍是碧绿可爱，但地上已散落了一些栾树的金色小花。

我忽然发现，林荫道上的杜英树终于开花了，一簇簇的浅黄色小花。杜英树旁边的香樟树这时则是生出樟果了，青绿色的豆子大小樟果，掩映在绿叶间，珊珊可爱。兴许是阳光直射天气太热，并没有闻到花香和果香，但杜英花和香樟果其实都是芬芳怡人的。想傍晚散步时再带单反来拍拍这些小花小果，也许那时能闻到幽幽静香。

杜英花，一簇簇、一串串的细小花朵，浅白，又带点黄绿色的，倒跟叶子颜色相近，不细看还以为是初生小叶，很柔软的样子，像小姑娘漂亮的睫毛。

顺着林荫道上走下去，发现木头长椅上也是落满了细小的米粒大小的花。大约是风把杜英花卷到那儿的。那花儿那么轻小柔弱，让人生怜。到了办公楼，才看到楼下的杜英花开得更旺，落了一地的细软小花，都不忍心踩在上面。夏天的杜英花，也如春天的香樟花一般惹人怜爱呢。

杜英花的大小跟栾树的花差不多，只是也不如栾树的花美貌精致。倒卵形的花瓣，花瓣末端呈细密锯齿状，和石竹的花儿类似的。只是太小，要放大镜才看得到细细的锯齿，像是一个个小铃铛，也像是一口口小钟。它的美，十分适合微距拍摄。在微距镜头下，它的精致令人如痴如醉。

微距拍摄往往会带给我们极大的震撼，原来那些微小的花朵，竟然是如此令人惊讶的美丽生命啊。便如边远小镇或深山老村中的美好青春或者横溢才华，因为无人关注，便静静凋零。他们自己也不知道，他们其实是如何惊艳时光的。

零落在地时，杜英花也没有了枝头的风采，而是十分苍白憔悴。这点跟栾树花也不一样。栾树花即使是落在地上，颜色和风韵都不减半分，精致好看。

后来，到了初秋里，走在马路边上，看到环卫工人在清扫落叶，是颜色鲜亮的红色落叶。抬头一看，哦，又是杜英树。长沙这个城市的行道树，总给人以盛大的季节感，比如，春天里的香樟与紫叶李，夏天里的紫薇和夹竹桃，以及秋天里的杜英和银杏。

杜英树最漂亮的时候应该是秋天，经霜后部分叶片变红色，整棵树树干挺直，树叶红绿相间，色泽鲜艳，叶片光滑，像是圣诞树一般美丽。但细看每一片红叶，这并不是枫叶那样遍体通红，玲珑如一枚雕刻出来的艺术品一般。杜英树的红叶，是红中带黄，且有斑痕，它的红，就是一种衰败的老去。

因为杜英和香樟长得很像，我开始也会把杜英树当成香樟树，但是后来觉得不大对了，就是因为花儿和红叶的不同。香樟树开花，也是细小黄绿色花朵，但开在三四月间，长出新叶的同时老叶转成红色凋零，因此香樟树的红叶也是在春季。而且，香樟树比杜英树的花冠来得要浓密，杜英树的叶子稍微稀疏一点儿。而且香樟树的姿态比杜英树要来得从容，叶子也显得柔顺很多，杜英树的叶子有一种不驯服的感觉，显得脆而硬。

杜英属植物在我国有38种，还生出了6个变种，常用于园林绿化的主要有秃瓣杜英、杜英、中华杜英、山杜英等，一般统称杜英。杜英的花期多在6到8月。也就是是说，整个暑假，它可以安心自在地在校园内开花，完成生命的传承。

柳叶马鞭草随风轻轻摇曳之时，美得极有电影质感，仿佛笑得很美的女孩儿，原本长得并不惊艳，也算不上耐看，可是青春洋溢，充满活力。

柳叶马鞭草：柔静的梦

师姐晓丽博士答辩结束了，她在她的博士论文致谢里提到我了："师妹为人儒雅、温润，文如其人……"那日去观摩师姐答辩，看群里导师发的她写的致谢，心里温暖得很。

读博最大的收获，除了学业上的，就是这一群兄弟姐妹一般的同门了吧。虽然学业压力大，但大家彼此扶持彼此鼓励，感情极是融洽。师姐蓉蓉上次从广州回来，也特地给我带了一本平平夹着诸多草木花叶的植物笔记本。她记得我喜欢植物。我接过笔记本，心里柔柔软软的，觉得是被师姐给宠着了。

那本植物笔记本，翻开第一页，就是蓝紫色的柳叶马鞭草花儿，仿佛细细绘着的一个穿一袭紫色长裙的少女。

恰好，我跟柳叶马鞭草，也是极熟稔的呢。

我家附近的洋湖湿地公园，有着大片大片的花田，粉红的是美丽月见草，橙黄的是黄秋英，紫红的是芝樱，明黄色的是油菜花，彩色的是波斯菊……其中，还有一片蓝紫色的花田，那就是柳叶马鞭草花田。柳叶马鞭草原产于南美洲，是具有异域风情的纤瘦美人。

极爱紫色系的花儿，淡雅如诗，温静似梦。比如，薰衣草、麦冬草、千屈菜，又如，这柳叶马鞭草。

柳叶马鞭草植株纤细，亭亭而立，枝上缀着一簇簇蓝紫色的细小花儿。它的名字来由正是节生紫花，如马鞭节，故称为马鞭草。《本草纲目》中说它"夏秋开细紫花"，果然不错，真是细紫花，那小花儿生着五枚短短的花瓣，和美女樱的花儿差不多，就跟小红豆一般大小。

小粉蝶儿和红蜻蜓对柳叶马鞭草很是青睐。有一次，我去洋湖湿地公园看花，便偶遇一只轻盈的红蜻蜓，悄悄立在柳叶马鞭草上。风来草轻动，但红蜻蜓依然淡定地立在一小掬蓝紫花儿之上，并不受影响。整个画面极唯美，很像是电视剧里的一个镜头一般。

走在柳叶马鞭草的花田里，有时会恍惚沉醉，觉得自己仿佛是走在梦一般的薰衣草花田中，毕竟紫色的薰衣草花田应该是每个女子少女时代的梦了。

其实柳叶马鞭草与薰衣草长得根本不像，柳叶马鞭草是马鞭草科马鞭草属植物，薰衣草是唇形科薰衣草属植物，它们没有任何亲缘关系。可是一片蓝紫色的马鞭草田忽然惊艳地呈现在眼前时，美得令人几乎有些疼痛，无端地让人觉得，那就是薰衣草。就像两个长得根本不像的女孩子，可是由于属于同一类型的性格，因此有着相似的气质和神情，也会让人弄错。

柳叶马鞭草随风轻轻摇曳之时，美得极有电影质感，仿佛笑得很美的女孩儿，原本长得并不惊艳，也算不上耐看，可是青春洋溢，充满活力。一笑起来就让人觉得人间值得。是的，生活很苦，可是你那么甜呢。

禁不住想在这一片紫色的花里躺下，睡上一觉，做一个柔静的梦。梦也美如一个童话电影吧。

柳叶马鞭草散发着清淡的香气，这香气太淡，很容易被忽略。但马鞭草科植物中，也有一些香气浓郁的品种，可以用来提炼香水。有一次在办公室，忽然空气中盈盈溢开甜甜的类似于夹心饼干的香气，又仿佛柑橘般微酸袅袅的感觉，一点儿都不腻人。我循香望去，原来是对面的女同事在擦拭护手霜。旁边另一个女同事见我询问的眼神，便说："这是马鞭草的味道。"

啊，我喜欢这香气，柠檬般清新无比的气息，闻着只觉舒服。马鞭草的香气也的确有让人放松的效果。因此，在马鞭草花田里，的确是可以做一个柔静的梦呢。想象得没有错的。

紫色本是神秘的，高冷的，但柳叶马鞭草却是柔和的、亲切的，如同出身很好，极具涵养的大家闺秀，谈吐之间，让人如沐春风。她有一种月光般的恬静，仿佛在热闹场地也能沉下心读书，心静得像一面湖水。

在马鞭草花田旁边，则是芝樱花田。大片的芝樱有一种轻盈的热闹，仿佛一群出来结伴玩耍的小女孩子，叽叽喳喳地说着话，又轻又快，听不清她们在说什么，可莫名地就觉得心情很好。

柳叶马鞭草有一种出尘的安静，而这芝樱则带有世俗的热闹。

铁线蕨：少女的发丝

铁线蕨生得十分秀丽，叶子细小如纽扣，形状如小鸭脚，边缘有锯齿状，青碧得逼人的眼。它的茎细长，乌黑发亮，色如铁丝，因此得名铁线蕨。

铁线蕨整个植株看起来柔软纤长，像是少女的一头蓬蓬松松的长发，因此，它又有个美好的名字，叫作"少女的发丝"。而它本身也是一种少女感满满的萌物。它小巧玲珑，最高不过半米，常见的是10到20厘米的，因此经常用作小盆栽培。

铁线蕨是喜阴植物，放在室内正合适。我家里就有一盆，雪白的花盆配上袅娜的绿叶，飘逸轻盈，视觉上十分舒服。铁线蕨叶片还是良好的切叶材料及干花材料，可以用来配合着插花。

铁线蕨属于一个古老的家族，蕨类植物家族。《诗经》中便有吟唱："陟彼南山，言采其蕨。"而蕨类植物在这个星球上生存的历史远远长于人类出现的历史，也比现在的很多植物要年长，人类得尊称蕨类植物一声老老老前辈了。

蕨类曾经繁盛于石炭纪，当时曾是极高大的植物，完全不是现在所见到的小巧萌物，甚至有高达20到30米的木本蕨类植物。难以想象吧，蕨类植物居然还有木本的。现在还有存活的木本蕨类，比如，岭南的桫椤。

在蕨类植物繁盛的时期，昆虫也大得很，蜻蜓伸开翅膀，接近一米，有专家认为是因为跟当时大气层中氧气的含量很高有关。真是一个奇幻世界，仿佛放大了 N 倍的现今的微观世界。如果真的有时光穿梭机,能穿越到那个年代,会以为自己在外星球吧。

但二叠纪到三叠纪时木本蕨类植物大都灭绝,如鳞木、封印木、芦木等,都已埋入地下形成煤层。巨型昆虫也早已灭绝了。现在的蕨类植物大多数都是草本植物,比如,铁线蕨。

岳麓山上也有见到铁线蕨,已经是山野少女的感觉了。那日爬岳麓山,夕阳西斜,看到橙色日光透过林顶晒在山泉旁的铁线蕨上,铁线蕨蓬松的枝叶舒展开来,仿佛小猫在惬意地伏在地上晒太阳一般,显示出一种娇憨的慵懒。

忽然想起了一首钢琴曲《亚麻色头发的少女》。这铁线蕨,如果拟人的话,不就是一个活脱脱的亚麻色头发的少女嘛。年轻的时候,我喜欢秋日午后带本杂志去附近的公园长椅上看。耳机里循环往复地放着这支曲儿。这个时候,彻底忘记工作及其他,只剩下身畔的绿意,手中的杂志,以及耳边的这支悠然渺然的曲儿。间或,有落叶轻轻飘落身边。

带着这样一点如雾的忧愁,一袭朦胧的欢喜,我走进了岳麓山的黄昏之中,继续寻找着其他蕨类植物,看到了凤尾蕨、毛蕨、肾蕨、铁角蕨、井栏边草,等等,都是柔软蓬松的叶片,极温良的样子。而蕨类植物几乎都有着极强的适应能力。它们是经过了漫长岁月的淘洗与锤炼的,有着自己的一套生存哲学和生活技巧。

蕨类中,有一种很奇特的植物,叫作卷柏。是的,卷柏跟柏树毫无关联,为卷柏科卷柏属植物。卷柏又名九死还魂草,根能自行从土壤分离蜷缩,随风而动,遇到适宜的水土,根再重新抓住土壤。即使是根部长期缺水,只要在水中浸泡片刻后卷柏就又恢复生机,满血复活。它有着极佳的药用价值,全草有止血、收敛的效能,民间将之烧灰内服可治疗各种出血症,外用还可治疗各种伤口。

正是由于像卷柏一样具有如此强悍的生命力的成员的存在,蕨类植物这个大家族才延续至今。

蕨类植物没有花儿，也没有果实和种子，靠着孢子繁衍后代。因此，一年四季，在岳麓山上看到的蕨类植物永远是绿油油的，它们不会恋爱，不会有开出花儿的怦然心动与结出果子的甜蜜温馨，更不用操心种子的传播。它们的生活，遗世独立，简单明快，无忧也无惧。

谁说这不也是一种生活方式呢。存在，即合理。

车前草：承受之可生命不可之重

《诗经》中的《周南·芣苢》篇，是一群妇女在采集车前草时随口唱的短歌："采采芣苢，薄言掇之。采采芣苢，薄言捋之。"芣苢便是车前草，芣苢这个名字非常美，仿佛便是从诗经走出来的布衣女子，满蕴山野的灵气，眉目间清纯得有如春天里一片寂静的风景。

车前草这个名字，相比较于芣苢，则少了几分古雅的诗意了。马车走在路上，轮子滚动之时，旁边就是这种青碧的草儿，所以就有了这个简单质朴的名字，车前草。车前草长得普普通通，植株紧贴着地面，叶片宽大，薄如纸片，开的花儿也是不起眼的淡白色穗状花序。不过，车前草在长沙城里是不多见的，多是在农村的车辙中生长着。城里的水泥里长不了车前草。于是，它只好散散漫漫地零星分布着。

车前草还非常能干，是一种出色的药植，全草入药，具有利尿、清热、明目、祛痰的功效，外涂还可以治疗热疖痈肿。它的种子车前子不仅同样具有清热明目的功效，还因含有多糖成分可以养发护发。不过，学校药植园里的车前草，也不知道是药学院的老师们种的，还是它自己偷偷长的。毕竟，它是斗志昂扬的小野草，不仅耐贫耐旱，还很耐踩踏，生命力十分旺盛，在哪里都可以生存。

但是，就算再坚韧坚强的草木，对苦难和压力的承受其实都是有一个度的。像车前草，它虽然超乎寻常的坚韧，但如果被践踏得太多，超过它生命所能承受的最大负荷，它便无法活下去了。其实，人也是如此。自以为如同车前草般坚韧的人们，并没有意识到自己的承压其实是有限的。

大学时，我自己写校园小说，也喜欢读校园小说。有一个女孩子的文字清冷纤秀，颇有特色，不由得多看了一眼，但也没有特别关注。当时写校园小说的人太多了呢。我也不是主攻这块，只是写着好玩儿，顺便赚点儿稿费。

过了好几年，在网上书店看到这个女孩子写的书，于是便买了一本。结果发现是随笔集，还是关于她自己病症的随笔集，一页页的文字，居然都是淡淡悲伤和自我疗愈。原来，她已经病了很多年，却坚持写作，文学是她的避难所。

我找到了她的微博，微博上有她的照片，人如其文，果然清冷纤秀，就是太瘦，瘦得一张脸上仿佛只剩下了一双乌亮的眸子，看起来天真得像个小孩子。眸子里充满灵气，但是却氤氲着山岚般的忧伤。

她这样的身体状况，其实已经不适合高强度的写作了，可是她依然在写专栏，依然在一本接一本地出书。要强的她想要在有限的日子里，给这个世界多留下点儿什么。而写作虽然有治愈心灵的效果，但对于她这样的身体来说，却劳伤心智，损耗气血。

再过了一年，她车前草一般坚韧的生命，终于油尽灯枯，缓缓地画上了句号。如果，她没有这么高强度地写作，会不会对病情好转有所帮助呢？我不知道，只知道，即使是在生命最后的日子里，她也没有休息，一直都在写着。很悲壮，也很悲伤。

后来，又有看到复旦大学教师于娟的《此生未完成》。她得了乳腺癌，虽然乐观积极地坚持治疗，却终究撒手而去，留下丈夫和幼儿，终年才31岁。她在这本书里痛悔地回忆了自己年轻时的拼搏与任性，终究是透支了自己的健康与精力。原本是优秀的人，渴望着能够更优秀，然而到最后，身体终于不堪重负，一切都已经来不及。

她说："在生死临界点的时候，你会发现，任何的加班，给自己太多的压力，买房买车的需求，这些都是浮云。如果有时间，好好陪陪你的孩子，把买车的钱给父母亲买双鞋子，不要拼命去换什么大房子，和相爱的人在一起，蜗居也温暖。"看着这本书，会觉得残忍，真残忍，看着看着便泪盈于睫。她如此善良如此聪慧，她并没有做错什么，只是因为太拼，只是自信自己可以承受得住高强度的学习和工作，却要遭受这样的痛苦，早早地离开了这个她眷恋不已的世界。

我们大学同学十年聚会，先生和我都去了各自的班级小聚。我们班当年的班长说了一句意味深长的话："希望下一个十年，我们班的同学整整齐齐的都还在。"我们都觉得他这话说得莫名其妙，再过一个十年，我们不过人到中年，定然都还在呀。结果晚上，先生回了家，便说，我们一定要照顾好自己，一定要注意身体。我更莫名其妙了。他坐下来，才慢慢道来。原来，他们班的同学倒还都在，但是隔壁班的同学已经猝死两个了，都猝死在加班的时候，都是理工男，程序员。

都是高估了自己呀，以为年轻，身体都扛得住，谁知道就扛不住了呢。如果能够多爱惜一下自己，结局就会很不一样。

在这个竞争激烈的社会，尤其是在快节奏的大城市，人人都在认真工作奋力奔跑，却舍不得停下脚步来怜惜一下自己，分不出时间来心疼一下自己，生命之弦绷得越来越紧，终于铮然而断，曲终人散。

很悲伤，很悲伤，但其实是可以避免的。

我当然也没有资格说别人，我身体上的一些病痛也来自年轻时的拼搏和对自己健康的忽略，那时也总以为自己什么都承受得住，把自己忙得像个陀螺。车前草也在警醒我，放慢节奏，自我减压，珍惜生命，享受生活。

没有什么，比健康更重要。

我养了一盆半尺多高的文竹，虽然小巧玲珑，但枝干有节，疏落有致，夜晚在墙壁上的投影，还真像几竿郁郁墨竹，可以入画的。它枝叶极细密柔软，像是小猫的小爪。

文竹：岁月回想山居

我是深爱着草木的，从小就特别喜欢，连带着也喜欢上了生物这个科目，中学时生物成绩一直名列前茅。如今也是阳台种满花草，室内放置绿植。每次一回到家，就觉得满目清凉，仿佛回到了岳麓山。

我的大学和研究生时代是在岳麓山下的中南大学度过的，研究生时的宿舍十四舍更是在山脚之下，和青山真是太亲近了。每天都在露水般的滴滴鸟鸣声中醒来，整晚仿佛便睡在青山的怀抱中，听着它深厚平缓的心跳一般。当时正在看约翰·巴勒斯的《醒来的森林》，书中描绘了林间各种鸟儿新鲜且生动的鸣叫之声，觉得自己好像就处于书里所描写的场景之中。

起来洗漱之后，女孩子们通常一边梳着乌黑的长发，一边闲闲地轻悄谈话，清脆的笑声阵阵。青春的笑声总给人一种人间美好的感觉。我常常会独自走到窗边，仰起头来，让青色的阳光透过山中林木的缝隙洒在脸上，带来暖暖的快意，如同一个温柔的吻。早上的风特别清凉，携带着草木芬芳。

傍晚，年轻的我们常徜徉在岳麓山上，从夕阳西落一直到月洒松梢，直到被月光浸润得整个人都通透清润，才披着一肩花香，裹着一身凉意回到宿舍，脸和手臂都是冷沁沁的，而人却觉得头脑格外清醒，且有一种清爽自在的感觉，仿佛不用受到任何约束，我完全属于我自己。

夜晚于灯下读书，则听到窗外一片寂静之中山中果落、秋虫轻鸣之声，情不自禁地生起很多空灵的感触。风起时，山林簌簌，清音满耳，当真是"山林里风歌唱，一重重如海浪"。在大自然的怀抱里，年轻的心就会感到宁静与满足，不作他想。若是飒飒风雨袭来，便会早早关灯上床睡觉。望着窗外隐隐透出的清光，枕着满山风雨之声，渐渐蒙眬睡去，梦中都浸着柔润与清凉之意。

当时身在其中，并不觉得稀奇或者可贵，现在回想起来，却觉得那段山居的岁月真是幸福又幸运了，真是一生中的好日子。如今工作的地方虽然离岳麓山不远，但毕竟不像大学的时候那样随时都可以看到山，随时都可以去爬山了。

幸好，还有家里的绿色植物可以安慰我。

不过，绿色植物多就有一点不大好的地方，就是夏天比较招蚊子，因此也常开着一盒清凉油驱蚊。一进屋，就闻到屋内淡淡的清凉芬芳。

文竹也是一种清凉的植物，而且，它和竹子一样，都有一种满身书香的沉静。我养了一盆半尺多高的文竹，虽然小巧玲珑，但枝干有节，疏落有致，夜晚在墙壁上的投影，还真像几竿郁郁墨竹，可以入画的。它枝叶极细密柔软，像是小猫的小爪。而颜色青碧得格外清纯好看，仿佛是春天里初生的香樟叶一般，看着就觉得心里舒服。而且，一般大多数植物都是天真烂漫的气质，有一种张扬奔放、不管不顾的意味，而文竹却是淡淡的书卷气，很是温和内敛，殊为难得。因此，我把它放在了书房的案头上。每次看书或者看电脑累了，便抬头看它，心里便浮起愉悦之感。

书房阅读和侍弄花草，大概是这世上最让人心静的事情了。我相信，与你结缘的草木，与你结缘的人一样，一定是与你有某种相似之处，因而有了一种无可言说的默契之感。而且在与它们亲密的接触过程中，它们也会潜移默化地陶冶你的情操，熏染你的气质。

在与文竹相对的过程中，我的心思也变得越来越温静，我感觉自己仿佛也变成了书房里的一棵文竹，浸润书的气息的文竹。

　　文竹也是可以疗病的，它以根入药，可治急性气管炎，具有润肺止咳的功能。我春天里总是因咽喉敏感而咳嗽，常含了一颗清凉的枇杷糖。虽然知道文竹根的功效，但自然不忍伤了它来治愈自己，只是知道它有这个能耐，不由得又高看它一眼。

鬼针草：山中精灵

岳麓山上山的小径，以及山上，有很多鬼针草的花儿，秋冬季节开得尤其漂亮。乍一看跟鸡蛋花是相似的，洁白花瓣，金黄花心，只是花瓣不似鸡蛋花柔软。虽然鬼针草没有鸡蛋花那么雅致清纯，却比之多了一份野性与率直，给人以古灵精怪之感，有点像屈原笔下的山鬼。山鬼是山中的神女或者精灵，深山含笑是有这种玲珑剔透的气质，鬼针草也有着这样的感觉。

鬼针草是菊科植物，花果期是八月到十月。鬼针草的香气很淡，几乎令人察觉不到。花儿所拥有的一切芬芳甜蜜的特征，它都有的，只是不那么明显了。它似乎要把自身的故事轻轻隐藏在古灵精怪的外表下，不把心事轻易对人言语。

鬼针草的别名很多，又名鬼针刺、跟人走、婆婆针。另外鬼针草还有个文雅的名字叫作金盏银盘，那是它花朵的美貌终于被认可了。

仔细看谢了的鬼针草花朵，可以看到它盘状花托里着生十几枚针束状的果实。再凑近了看，鬼针草的尖锐针刺上有两个叉头，而插头尖刺上也满是倒刺，跟传说中的夜叉一般，怪不得叫作鬼针刺。《本草纲目》中载："生池畔，方茎，叶有丫，子作钗脚，着人衣如针。北人谓之鬼针，南人谓之鬼钗。"正因为针刺上生有倒钩，所以一旦扎到衣服上，就很难去除。和周身是刺的苍耳子相比，鬼针草又太细小，更难对付。

大二时的中秋节，我们几个女生和学校自动化系同年级的一个男生寝室的同学，一起去爬岳麓山看月亮。山上好多人，大都是岳麓山下大学城的学生，有中南的、湖大的、师大的。于是，我们一群人就在山上的平台上席地而坐，轻悄谈笑。青山草木，淡淡生香。月光仿佛是浅蓝色的了，泉水般澄清透亮，轻纱一样浸着年轻人青春的脸。我仰起头看着夜空，看着一轮皎皎明月。那是记忆中最美的月亮。

我们后来都不大说话了，只是一心一意沉浸在眼前这空灵的美景之中。在这黑夜的寂静之中，我内心深处轻轻涨起说不清道不明的微妙而美好的感觉，如同坐在海边听着海潮缓慢涨起又悠悠退下，汹涌又温柔。那时候，年轻的心真是善感呀，总是容易被自然轻易感动，或者为某个人怦然心动，遂令灵魂有微醺的醉感。而后来，在经历了生活的琐碎与社会的毒打之后，心灵就变得沧桑和苍老，再难以被打动了，宁愿美丽地荒芜着，也要落了锁，唯恐陌生人一探究竟。

后来下山之时，才发现衣服上黏了很多鬼针草，回到寝室，便脱下衣服，细细捡将起来。鬼针草真不容易捡。可是我忍不住一边捡刺，一边微笑。那晚的月色真美啊。连带觉得鬼针草也是这大自然风露的馈赠了。它提醒着我，我刚从这明月青山上下来。"我曾踏月而来，只因你在山中。"

鬼针草原产热带美洲，来中国的历史不长，才近两百年。进入中国后，它的瘦果常黏在人、畜身上，种子很快就传开了。而它的生命力又强，在荒野山地也都能长得很好。这大概也是岳麓山上很常见的一种小草花了。

在民间中药典籍里，常见鬼针草的身影，它是老百姓喜爱的一种草药，有的地方还用它来泡茶喝，像喝菊花茶一样。《中国植物志》记载："为我国民间常用草药，有清热解毒、散瘀活血的功效。"鬼针草主治咽喉肿痛、急性阑尾炎、疟疾等疾病，外用还可以治疗疮疖、毒蛇咬伤、跌打肿痛等。

桑树：诗词中的美人

岳麓山上有桑树，只是不多。天马山、凤凰山、岳王亭等几处都有。桑叶青碧可爱，手掌大小，叶脉处生着细细的绒毛。

桑叶可以吃，但味苦性寒，因此一般不做菜。不过因其有清肺润燥，清肝明目的功效，常常用来入药。如今有一种药物夏桑菊，里面便有桑叶的成分。夏即夏枯草，桑即冬桑叶，菊即甘菊。夏桑菊源自清代吴鞠通《温病条辨》中的经典名方"桑菊饮"，可以清热解毒。

桑叶是可以用来养蚕宝宝的。我没有养过蚕宝宝，但是很好奇养蚕宝宝的过程。办公室的同事带着她小女儿养过蚕宝宝，很有经验，说蚕宝宝吃了桑叶，果然会通身变得晶莹起来，然后就吐出又白又细的蚕丝，把自己封在里面，直到成为光润的蚕茧。蚕丝可以用来做蚕丝被，又轻软又暖和。从桑叶到蚕丝，是怎样奇妙的生物变化呢？以后我也要生个小女儿，带着她养下蚕。

桑葚也是滋味酸甜可口。每年的四月底到五月中旬是岳麓山桑葚成熟的季节。这时步行街还有菜市场，都会有农妇挑着担子来卖，担子挑着的竹筐里是满满的紫红色桑葚。每次见到，是必要买上一小袋的。

岳麓山下也有农户种着桑葚树，我和同事们还曾经一起去采过，拿着从农户家借的瓷碗，满满的堆了一碗亮晶晶的紫红色桑葚果。刚刚摘下来的桑葚果，吃起来极其新鲜甜美，滋味像是新鲜葡萄，可是果肉比葡萄来得更加细腻温柔。结果吃完了桑葚，大家都忍不住相互指着对方直笑，原来嘴唇和手指都被染成了深紫之色，很是滑稽。

桑葚长得也很像是一串紧紧贴在一起的细小葡萄，没有成熟时的桑葚和桑叶一个颜色，青青碧碧，后来转为白色、红色，成熟后则是为紫红色或者紫黑色。《本草新编》中记载："紫者为第一，红者次之，青则不可用。"紫色桑葚还有个好听的名字，叫作"玉紫"。另外还有白色桑葚，名唤"珠玉"。不过白色桑葚我是没有见过的。

桑树也是诗词中的美人了，早在诗经里，《氓》中便有："桑之未落，其叶沃若。"桑树还没落叶的时候，它的叶子是新鲜润泽的，便如正值青春还未嫁人的少女，水灵灵的美丽。有女孩子取名"叶沃若"，真是隽秀之名。

《氓》以桑起兴，明亮的基调到后来却渐渐转为黯淡，实际上讲述的是一个悲哀的故事，少年爱上少女的青春与秀美，苦苦追求，两人结为连理。然而少女年长色衰，却终被抛弃。"士之耽兮，犹可说也；女之耽也，不可说也！"物是人非之后，他是否还记得，她年轻时如桑叶一般灵秀的容颜，一颦一笑，清丽不可方物，初见时是怎样惊艳了他的心。

汉乐府《陌上桑》中，则是勾画了一个能干聪慧的采桑女罗敷，而罗敷比之诗经中哀怨的少女，更多了一份自信和明亮："罗敷善蚕桑，采桑城南隅。青丝为笼系，桂枝为笼钩。头上倭堕髻，耳中明月珠。缃绮为下裙，紫绮为上襦。"采桑少女的美，本身就是一种青春的、劳动的、健康的美，而她不仅光华照人，还骄傲独立，有个性有主见，这就更有魅力了。她不会因为贵人的垂爱而受宠若惊或是惊慌失措，而是沉着冷静，不卑不亢，是因为自己的美丽和能干而内心强大的女子，光彩熠熠。

曹植的诗《美女篇》中也有："美女妖且闲，采桑歧路间。柔条纷冉冉，落叶何翩翩。"那少女采摘桑叶，纤纤素手到处，桑树柔枝轻轻颤动，碧绿桑叶纷纷而落。诗中并未一字着眼少女的容貌，少女的轻盈、灵巧以及秀丽却呼之欲出了。这样的女子，便如桑树，奇异地散发出一种让人安心且笃定的气息。它是美的，媚的，同时它也是深深扎根于大地的，温柔而且充满力量的。

宋词的词牌名中有一个"采桑子"。而"采桑子"这个也是难以形容的美，和"蝶恋花"的浓艳不同，"采桑子"给人的感觉是一种在乡间田野摇曳的健康之美，原生态的美。

曾经看过一篇小说，小说的女主人公就叫作"桑"。小说中并未过多地描写她的容貌，却无端觉得一定是容貌婉娈风姿嫣然的美女。这大约是因为"桑"在古典文学中所赋予人的美感意象吧。

悬铃木：挺拔而温厚

中南大学主校区的林荫道上，几乎都是香樟树，而南校区的林荫道上，则种了很多悬铃木，荷花池边更多。

悬铃木也就是法国梧桐。但法国梧桐和梧桐树并没有亲缘关系，是两种完全不同的植物。其实相比悬铃木来说，我更喜欢它法国梧桐这个名字。悬铃木落叶时，也是秋意浓。秋雨之中，一地温暖灿然的斑斓，却不觉萧瑟，只觉淳厚。像是一个让人仰视、内心笃定的人，既有温润之意又有英武之气。如今梧桐不常见了，悬铃木却是栽种甚多，也有"行道树之王"的称号。

悬铃木为悬铃木科悬铃木属植物，是 19 世纪中叶被人从南亚喜马拉雅山南麓带到上海，最初植于当时的法租界，然后便被广泛种植开来。这种树木幼时外观颜色叶形状如中国梧桐，便被称为法国梧桐，不过法国梧桐其实只是悬铃木中的一种，悬铃木一属就有好几种，国内大约有三种，为一球悬铃木、二球悬铃木、三秋悬铃木。南校区的以二球悬铃木为主，暑假里，走到荷花池边，仰头一看，能看到悬铃木上串串果球，每个果串都是两个圆圆的果球，甚是可爱。

学校的几大校区里，对南校区的感情更深，这是大一刚刚入校时我们住的地方，当时还只有九个宿舍，我们女生住五舍，男生住六舍。五舍和六舍之间，也有一棵比宿舍还高的大树，树上住着很多鸟儿。春天里，每次我们从水房打水回来，都听到树上叽叽喳喳的，好不热闹，猜想是鸟儿们在举办联欢晚会了吧。而现在，中南南校区建起了众多的升华公寓，有三十多栋了。师弟师妹们有了更好的环境。

荷花池边，还有好些高大的悬铃木，和枫杨一样，它有大片的枝叶几乎是蘸水而生。暑期的一天，回到南校区，来到荷花池，见荷花开了很多了，水面清圆，一一风荷举。于是禁不住在荷花池边驻足观荷，却留意到一只长尾巴的漂亮小翠鸟停在悬铃木树枝下的台阶上。我走近了，它也不怕我，并未飞走，偏着小脑袋看我，令我想起了大学时代那些偏着头看我，并在我足下活泼泼地啄食面包屑的小麻雀。不过再走近几步，小翠鸟便迅捷飞起，瞬间便如一支翠箭一般向着荷花深处隐去了。它飞走了也好呢，我怕我忍不住想要捉住它，它太美了。

中南南校区的鸟儿从来就不怕人。而我到过其他校园，还未走近，鸟儿就都飞了。也许是包括悬铃木在内的葱茏大树给了鸟儿安全感吧，又或者，师生们跟鸟儿相处得一直很愉快。

铁道校区也有两排高大繁茂的悬铃木，秋冬季节，悬铃木的瑰彩落叶一片一片落在发上、衣上，恍然有拍偶像剧的感觉。

大学时有一位学长，实在是个优秀到发光的人。长相英俊，为人温和，学习成绩也是优秀，又热衷于参加各类活动，后来考上另一名校的研究生，算得上是风云人物，真是如同言情小说男主角。

有一次在校园里遇到学长，站在林荫道上，闲闲地聊了几句。彼时金风细细，悬铃木的落叶一片一片如同教堂的玻璃那般美丽。觉得是一幅极好的画。而他也极像一棵秋风中挺拔而温厚的悬铃木。

大学毕业多年以后，学长回长沙办讲座，打电话给在长沙的同学朋友们小聚，和我也匆匆见了一面，依然是在母校的林荫道上。正好又是一个秋天，悬铃木的落叶轻轻落在我们身上。

彼时他已经长成为温厚成熟的男子，顺利进入深圳的名企，做到了部门总监，还曾经接受多家媒体访问，在很多名校都举办过讲座，正准备考北大的在职博士。他与研究生时的同学相恋结婚，夫妻感情融洽。而他的小儿子，也聪明伶俐得让他一谈起便眉眼含笑，慈爱温柔。是事业家庭双丰收的典范。

优秀的少年，到后来会成长为优秀的青年，然后继续成长为优秀的中年、老年。但他对自己的成绩却浑不在意，还一直那样努力。而且，他还如大学里那样自信又谦和。

便如悬铃木一般。悬铃木从来没有绚烂的花，但是却一直坚毅，温和，繁茂。

有的人的存在，是会要你相信这世间的安静与美好的。

我愿意做一个学长那样始终怀着一份理想主义情怀的人，不会被漫长的岁月和琐碎的生活所压倒压垮。我愿意当别人偶然想起我来时，也会是感觉得到安静与美好的存在。

乌桕是大戟科乌桕属落叶乔木，是中国特有的树种。乌桕还有一个接地气的俗名叫作木梓树，也叫木子树。乌桕五月开出无人关注的细黄白花，深秋开始结出青青的乌桕果，也叫木籽。

乌桕：乌桕赤于枫

一度以为乌桕是属于江南的植物，后面才知道，原来潇湘也有。湖南大学图书馆东侧，就有一棵乌桕。读大学时坐公交车路过湖大的老红墙之时，瞥见过几眼。觉得有几分惊讶，这树的叶子，居然比红枫还红呢。而它显然比红枫高大得多。后来去湘江边看芦花，发现湘江边也有不少乌桕树，红叶撒落一地。

最早是在鲁迅先生的《好的故事》里，读到乌桕："我仿佛记得曾坐小船经过山阴道，两岸边的乌桕，新禾，野花，鸡，狗，丛树和枯树，茅屋，塔，伽蓝，农夫和村妇，村女，晒着的衣裳，和尚，蓑笠，天，云，竹……都倒影在澄碧的小河中，随着每一打桨，各个夹带了闪烁的日光，并水里的萍藻游鱼，一同荡漾。"

鲁迅是偏好草木之人。年轻时鲁迅在南京水师学堂学习之时，就有写过《莳花杂记》两则，记录自己种植的晚香玉和石蕊。在浙江两级师范学堂任教时，鲁迅经常到西湖边采集花草，并有过编辑《西湖植物志》的想法。在文章里，鲁迅也一再写到草木，以至于有学者还特别研究了他作品里的草木写成专著。甚至有新闻称鲁迅的家乡绍兴将建"鲁迅草木园"，如果这座草木园真的建成了，我一定要去看看，从那一草一木中回忆他的散文和小说。草木承载了这一代文学巨匠的气场与文字。

鲁迅似乎很喜欢乌桕，《好的故事》里，第一个出场的植物就是乌桕，在短篇小说《风波》里，鲁迅也有六处提到乌桕。乌桕的名字来源其实有点随意，是因为乌鸦喜食其果而得名，这个说法见载于《本草纲目》："乌桕，乌喜食其子，因以名之。或云其木老则根下黑烂成臼，故得此名。"

乌桕的叶子和枫叶、香樟都不一样，接近于菱形，叶梢又有心形的形状。初生的乌桕嫩叶呈现一抹水红之色。早春二月，宋代陆游在园中见到乌桕红叶，写下"乌桕赤于枫，园林二月中"。随着时间推移，乌桕叶子渐渐转成碧绿，到了秋天，经霜之后，乌桕叶子便转成了斑斓的彩色，从青黄、橘黄，到橙红，再到火红，跟枫香的颜色差不多，但比枫香更为明艳，重重叠叠的色彩曼动着秋天的韵律。宋代林和清咏道"巾子峰头乌桕树，微霜未落以先红"。这个时候，便是它最美的时候了。

江南流水之畔常种乌桕，秋水明净，乌桕火红，如同深山红柿一般，是极好的摄影素材。甚至《枫桥夜泊》里面的"江枫渔火对愁眠"里的"枫"树，有人考证认为是乌桕，因为江南水畔极少种枫树，倒是常有乌桕树。

我曾去过绍兴和甪直旅行，都有见到乌桕，以及乌桕的红叶，乌桕的红叶虽然美丽，但总给人一种说不出的怅然之感。大概是因为南朝《西洲曲》中忧伤的诗句吧："日暮伯劳飞，风吹乌桕树"。与少年梦幻气质的红枫相比，乌桕很像是一名历经沧桑的老者，自带"枯藤老树昏鸦"的萧瑟与苍凉。它不像枫香树一样具有淡淡的清香，它开花结籽也漫不经心的低调，只是用心在春秋里的那一泓火红之中。它知道，那时，才是它生命里的闪耀时刻。

乌桕是大戟科乌桕属落叶乔木，是中国特有的树种。乌桕还有一个接地气的俗名叫作木梓树，也叫木子树。乌桕五月开出无人关注的细黄白花，深秋开始结出青青的乌桕果，也叫木籽。果实成熟时变成黑色，外壳会自行剥落，露出三颗紧紧互抱的葡萄大小的白色籽实，整棵树上便挂满了银白色的乌桕子。远远望去，也挺好看的，像是枝头又开了点点晶莹的白色小花一般。

清代袁枚《随园诗话》中记载："余冬月山行，见桕子离离，误认梅蕊；将欲赋诗，偶读江岷山太守诗云：'偶看桕子梢头白，疑是江梅小着花。'杭堇浦诗云：'千林乌桕都离壳，便作梅花一路看。'是此景被人说矣。"他们把那枝头雪白的乌桕子都误认为是江梅了。

而这时也是鸟儿们呼朋唤友来吃木籽的时候——乌桕虽然是说乌鸦喜食其果而得名，实际上，很多鸟儿都爱吃它的果实与种子。陆游在《闲思》中曾写："最奇乌桕下，侧帽听秋莺。"

乌桕以根皮、树皮、叶入药。可杀虫，解毒，利尿，通便。乌桕种仁可榨油，称"桕油"或"青油"。

乌桕唯一的烦恼大概就是容易生虫了，乌桕毒蛾、水青蛾、樗蚕等都是乌桕杀手。柿子树和杨梅树就没有这种烦恼，它们都是不生虫的。

棟树又名苦楝，谐音为「苦恋」，因此，它和相思树、合欢树一起，被称为中国三大爱情树木。

楝树：簌簌清香细

和同事杨老师一起带学生去北京领一个奖。快要期末考了，学生们在高铁上也在埋头看书。医学生的期末，真是教室熄灯后仍于校园路灯下的手不释卷，是不小心被关在图书馆电梯里还在不慌不忙地背方歌的从容不迫。

于是，便在北京过冬至，吃饺子。北京真是很有冬天的感觉，池水都结冰了，树枝大多都是光秃秃的，衬着蓝天像是元代倪云林的几笔疏淡写意，不像长沙的学校药植园到了冬天还是满眼青碧，金果红花。于是，归心似箭了。

注意到楝树，便是在冬天的学校药植园里。药植园冬日里最亮眼的植物大概就是楝树了。此时的楝树，骄傲地挂满了一树金灿灿圆溜溜的小果子，刹那间便点亮了清冷的色调。我知道楝树的小金果有个好听的名字，为"金铃子"。

药植园里有两棵楝树。一棵七八米高的大楝树，一棵不足人高的小楝树。站在小楝树下，伸手便可以触到楝果，于是摘了一颗下来，放在手心里细看。

楝果长得并不是浑圆的，而是有点像袖珍版的梨子。表面也不完全光滑，而是有着褶皱，还有着几点雀斑似的小斑点。剥开果皮，看到金黄色的果肉，已经干掉了，大约是挂果挂了一段时间了。

楝树浑身上下都是苦的，包括树皮、树枝、树叶还有果子，因此又叫作苦楝，大约如此，初生的果子便不讨人喜欢，也入不了鸟儿的法眼，所以才保留了一树明亮的金丸吧。

四月底，楝树也开花了，紫色的丁点儿大的花儿开满了枝头，跟丁香似的，但小花儿花型有点特别，花蕊很长，几乎是柱状，紫色细长的花瓣则是向后倒卷着。苦楝树长得那么高高大大，却开出这么柔弱秀气的小花呢，真是反萌差的可爱。像是英气勃勃的男子，却有着极细腻通透的心思。

正因为楝树开紫色小花，因此它又被称为紫花树等。只是花儿很小，紫色颇淡，可以说是白中透紫，而且随着时间的推移，紫色会越来越淡，不如同时开蓝紫色花儿的蓝花楹来得惊艳。楝树花期比较长，之前听说可以开一个月左右。可是我五月中上旬再去药植园时，楝花已经谢尽，它身边的山合欢倒开满了一树细丝般的花儿，高高兴兴的。

楝树花期恰好在春尽夏来之时，是二十四番风信花的最后一花。《花镜》上说："江南有二十四番花信风，梅花为首，楝花为终。"楝花谢尽，花信风止，春天落幕，夏天就到来了。"开到荼蘼花事了"，其实也可以说"开到楝花花事了"了，荼蘼是楝花的前一番花信，楝花才是最后的花信。因此，便有"处处社时茅屋雨，年年春后楝花风"之说。

楝树花儿有幽微的芳香，感觉比泡桐花儿更好闻，是微甜的胭脂味，但当然远远比不上桂花和栀子。北宋谢逸曾作有一首《千秋岁》词，开篇便道："楝花飘砌，簌簌清香细。"这首词最后便是："人散后，一钩新月天如水。"袅袅余韵。因楝花芳香，宋人也常用楝花熏香或者蒸香。宋仁宗的温成皇后就喜用松子膜、荔枝皮、苦楝花等制作合香，"沉檀、龙麝皆不用"。北宋王安石作过一首《钟山晚步》，诗中有"小雨清风落楝花，细红如雪点平沙。"则说的是风雨之中细红花儿撒落如雪，很像一幅清美的画。

楝花和同为紫色小花的丁香也是相似的，红学家俞平伯曾经写过一首关于楝花的小诗，说它"花开飘落似丁香"。南宋杨万里更是迷醉于楝花飘落时如同"紫雪"般的浪漫与唯美："只怪南风吹紫雪，不知屋角练花飞。"

楝树花落之后，会生出青青的楝豆来。楝豆青时滋味苦涩，少有鸟儿喜欢吃，于是就一直留在枝头。楝豆会渐渐转黄，成熟的时候便是橙黄色，像是一串小龙眼，这时它的味道会转甜，开始受到鸟儿们的青睐。这时的药植园里，杜仲、厚朴都是已经光秃秃的了，黄金香柳、十大功劳还是绿意盈盈，南天竹举着小红叶，蜡梅开着小黄花，楝树则骄傲地摇着一树铃铛般的小金果。

楝树又名苦楝，谐音为"苦恋"，因此，它和相思树、合欢树一起，被称为中国三大爱情树木。日本清少纳言在《枕草子》中就曾道端午时节，女孩用紫色纸包了紫色的楝花，青色纸包了花菖蒲的叶子，卷得很细地捆了，赠予意中人，委婉而优雅地表达爱慕之意。

"苦恋"的果子的确也是苦的。不仅果子苦，楝树的皮、叶、根也是苦的，但均可入药，可疏肝理气，止痛，杀虫。

六月雪是茜草科六月雪属常绿小灌木，不足一米高，小巧玲珑。而它的花叶也是小巧精致，仿佛是具体而微的大乔木模型。六月雪花开六瓣，细小雪白，而神情淡淡，就好像是迷你栀子。

六月雪：淡淡清凉

暑假的一天傍晚，到中医药大学校园里去。黄昏中的校园犹如少女的梦境一般美，瑰艳的玫红、蓝紫点染着西方的天空，而头顶的天空则是淡淡的蓝，云朵丝丝缕缕，也被染成了令人心动的锦色，倒映在药植园旁的一弯新月湖里，流光溢彩。

长沙夏天的云，宛若童话。偶尔仰头一望，都是令人一见难忘的美丽。看看朋友圈里，长沙傍晚的天空真是刷屏了，是自带滤镜效果的琥珀色，不止在中医药大学。在中南大学，在岳麓山，在湘江边……各种赏心悦目的美。如今，长沙生态环境越来越好，因而天空也越来越美了。

我自然是要到药植园里去看看药植的，正巧遇到六月雪正开，花儿也是雪白的，如点点微雪。它旁边不远处，是蜡黄色的射干花。射干英气中又带娇美，而六月雪则是纤细中不失精致，放在一起倒也别有一番意趣。

六月雪是茜草科六月雪属常绿小灌木，不足一米高，小巧玲珑。而它的花叶也是小巧精致，仿佛是具体而微的大乔木模型。六月雪花开六瓣，细小雪白，而神情淡淡，就好像是迷你栀子。它的叶子也是细细小小，为沉稳的墨绿色，不像栀子叶的鲜嫩油亮，很像年纪很轻却一本正经、静默持重的小男孩。花叶正相配。一看见，就觉得清凉了。

六月雪根、茎、叶均可入药。味道是"淡、微辛，凉"，很符合六月雪这个名字和植物的性格。本来它就是给人以淡淡清凉感觉的植物。六月雪有舒肝解郁、清热利湿、止咳化痰的功能，可以治疗急性肝炎、蛇虫咬伤，以及狂犬病，等等。真是很喜欢这种不动声色却身怀绝技的植物。

六月雪有四个变种，分别为阴木、金边六月雪、复瓣六月雪以及重瓣阴木。学校药植园的，应该是原种，在湖南大学校园内还看到过金边六月雪，叶缘有金黄色狭边。复瓣和重瓣的六月雪还没有见过，可是觉得应该没有单瓣的好看。六月雪本来就是一种简洁雅静的花朵，单瓣最为适合它。

虽然只是小小的花木，但是花儿也开出了星星的粲然，静静散发着属于自己的光芒。简单就好，不用太复杂。

人也是如此。比如陆小曼，她是一个独具魅力又有争议的女人，兼有美貌、才情和灵气，仿佛来到这个世界，她就是为了站在众人视线的中央，光芒四射，颠倒众生。徐志摩给陆小曼写了不少书信文章，结集为《爱眉小札》。但动人的，却是这段少为人知的文字："我爱你朴素，不爱你奢华。你穿上一件蓝布袍，你的眉目间就有一种特异的光彩，我看了心里就觉着无可名状的欢喜。朴素是真的高贵。你穿戴整齐的时候当然是好看，但那好看是寻常的，人人都认得的。素服时的美，有我独到的领略。"陆小曼天生丽质，诗人爱的却是她洗净铅华时眉目楚楚的素朴与清纯。

清代陈淏子《花镜》中记载："六月雪，一名悉茗，一名素馨。六月开细白花，树最小而枝叶扶疏，大有逸致，可作盆玩。喜轻阴，畏太阳，深山叶木之下多有之。春间分种，或黄梅雨时扦插，宜浇浅茶。"这里所说的六月雪，不是茜草科六月雪属植物，而是木犀科素馨属的素馨花。素馨花开时也洁白如雪。不过，素馨花比六月雪是香得多了，六月雪并不香，气味甚至有点一言难尽。它还有个名字叫作路边荆，可见是有点桀骜的植物，并不似素馨花那样温婉可人。

六月雪虽然名字里有个六月，但它并不止在六月开，实际上也比较能耐寒。一直到十一月，我到药植园里，还能看到这种细小雪白的花朵。这时射干花儿早已经落尽了。

在厦门植物园还曾见到过一种白雪木，又叫白雪公主，大戟科大戟属常绿小灌木，也是细小雪白的花朵，不过不如六月雪精致。它是圣诞前后开花，因此又叫圣诞初雪，好美的名字。

芍药：古典爱情

春天里，有同事特意从云南网购了含苞的芍药，并带一枝到办公室来，我们都亲眼见到它是如何轻盈绽放，如何光芒四射。这是单瓣芍药，显得简净优美。一个朴朴素素的、巴掌大小的陶瓷小瓶，只单插了一枝淡粉色的芍药，不需任何其他陪衬的小花儿，就足以教人心旌摇曳了。

芍药果然是和牡丹一般被公认为倾国倾城的花儿，那绝代的风华，的确是普通的小草花儿难以比拟的，虽然普通的小草花儿我也是爱的。

因着我们所有人对芍药花的喜爱，同事又从云南买了紫红和橘黄几种重瓣芍药，插在办公室更大一点儿的浅蓝色玻璃花瓶里。即使是素来爱好纯简的我，也不得不承认，重瓣芍药比单瓣芍药更美，层层叠叠的花瓣片片舒展开来，如一个人丰富蕴藉的内心世界，明珠美玉一般温润莹亮。一时间办公室竟因了这几枝芍药而楚楚风致，同事或者学生来了都愿意在芍药花旁流连一二。

芍药真是一种可以照亮灵魂的花儿呀。它那么美，看着它就觉得整个人都明亮而舒畅，所有晦暗的心情都如小朵的乌云被夏日傍晚的熏风吹走了一般。人生之中，我们太需要这样具有惊艳之美的花儿了。虽然柔和耐看的花也是美的，但是芍药的倾国倾城之美真是更加勾魂夺魄。这样尽情绽放、不管不顾的美，如此浩大华丽，如此辽阔无边，一下子便让人坠入一个无法言说的绮美梦境之中。

　　长沙也有自种的芍药花，比如省植物园，从2011年起便在世界名花广场处引种了少女妆、平顶红、冰山、莲台等不少品种的芍药花。洋湖湿地公园也种了一些芍药花，风姿柔曼。芍药古代以扬州栽种甚多，《本草纲目》中道："昔人言洛阳牡丹、扬州芍药甲天下。今药中所用，亦多取扬州者。"如今不用去扬州，在长沙也能欣赏到大片的芍药花儿了。

　　芍药为毛茛科芍药属，它是和牡丹花型相似，花色也相同，又是同科同属，所不同的是，芍药是草本植物，牡丹是木本植物，所以芍药又叫作草牡丹，牡丹又叫作木芍药。牡丹为花王，芍药为花相。既然为花相，自然美貌绝伦，而事实上，芍药这个名字也是来源于对它美貌的赞美，芍药，便是取它"绰约"的谐音，绰约，便是"美好貌"的意思。芍药流光溢彩之美，是得到公认，不容反驳的。

　　作为草本之首的芍药，其柔弱妩媚之态更在牡丹之上，很得众人欢心，宋代秦观便歌咏雨后的芍药道："有情芍药含春泪，无力蔷薇卧晓枝。"芍药花瓣上雨珠滚动，犹如美人一双似有情意的含泪目。当然也有不喜欢它的。唐代刘禹锡便曾道："庭前芍药妖无格，池上芙蕖净少情。唯有牡丹真国色，花开时节动京城。"认为芍药虽然妩媚，可太柔若无骨，芙蓉虽然刚净却缺少风韵，还是牡丹才是真正的国色天香，既有美貌又有韵味，还深具风骨。

　　其实这是苛责芍药了，芍药本来就是草本植物，本就柔弱，如何能与木本植物牡丹比其风骨呢？其实，在古诗文里，芍药出现得比牡丹早多了，早在先秦的《诗经》之中，便已有关于芍药的吟唱之声。直到唐代武则天时期，牡丹才成为花王，并渐渐取代石竹成为"洛阳花"。对此，宋代欧阳修曾记道："牡丹初不载文字，唯以药载《本草》，然于花中不为高第，与荆棘无异，土人皆取以为薪。自唐则天以后，洛阳牡丹始盛。"

　　古代有一个很美的节日，叫作上己节，古称"上巳日"，也叫三月三，即农历三月初三，这是古人出门踏青的日子。在这个日子里，人们还要结伴去水边沐浴。因此，这个日子，也是古代的情人节。青年男女在野外相会，表达爱意。《诗经·郑风》中的《溱洧》，便是描写这个节日的。

这天，郑国男女倾城而出，来到溱水、洧水之滨，手执兰草洗濯身体。有一对青年男女，在和煦的春风里，潺潺的流水边，开始了一段两情相悦的爱恋。两人互赠芍药，以表爱意和惜别之情。"维士与女，伊其相谑，赠之以芍药。"因此，芍药又别名别离、将离、余容。芍药也可以说是中国古典的爱情之花，芍药之赠，代表的是一份古典的心意。

五六月间，还有芍药开放，因此，芍药又被称为"殿春"。春光将逝，芍药仍开，花园里也就不那么寂寞。

《红楼梦》第六十二回里有"憨湘云醉眠芍药裀"，真是绝美的场景呀："果见湘云卧于山石僻处一个石凳子上，业经香梦沉酣，四面芍药花飞了一身，满头脸衣襟上皆是红香散乱，手中的扇子在地下，也半被落花埋了，一群蜂蝶闹嚷嚷地围着她，又用鲛帕包了一包芍药花瓣枕着。"湘云沉睡在芍药花中，如果她的人生就是这么一场萦绕芍药花香的美梦，那该多好。

席慕蓉曾道："人生不过如一场黄粱梦，在频繁的美丽与曲折的悲欢之后，悠然醒转，新炊却犹未成熟。"那么，湘云的芍药梦呢，她会梦见怎样的美丽与哀愁呢？待她醒来时，身边早已是三春芳尽，落英缤纷。红楼一梦再美，终是曲终人散。

黄秋英是波斯菊的一种，为菊科秋英属植物，它也叫作黄波斯菊，花瓣和秋英一样有着锯齿状的边缘。

黄秋英：中年的沉静

秋天，来到湖南省植物园。省植物园里黄秋英很多，走不多远，便是一大片。走到樱花湖畔，也是一片黄秋英。近边一朵明亮的重瓣小黄花上还歇着一只明亮的斐豹蛱蝶，花蝶相得益彰。

黄秋英是波斯菊的一种，为菊科秋英属植物，它也叫作黄波斯菊，花瓣和秋英一样有着锯齿状的边缘。黄秋英花儿的风姿很美，加之花柄修长，如纤瘦身段，再配上这个名字，更觉风致嫣然。秋风里，黄秋英轻轻摇摆，让这秋天也不觉萧瑟了。

黄秋英特别令人开心，因为颜色很明丽浓烈，有金属的感觉，一开就是一大片，很阳光灿烂的样子。初夏开的金鸡菊也是如此，明媚动人，仿佛要把一片明黄色泼洒进灵魂似的。但黄秋英与金鸡菊不同的是，黄秋英还别有一种沉静的气质。觉得黄秋英很适合画油画。

黄秋英本来就很像一个女子的名字，她大约年龄也不小了，三四十岁，虽然韶华已过，依然保持着优美的体型，虽然已经有了中年的沉静，神情淡淡的，可是笑起来也依然很甜，脸上旋起俏皮的酒窝，令人怀想她少女时的模样。

与秋英相比，黄秋英更加有成熟女人的魅力。少女的青春之美，是掬水月在手，弄花香满衣的轻盈与清灵，是可掬可捧的；而女人的成熟魅力，是时间沉淀出来的智慧与风华，如同果子酿出的醇酒，是更加令人心醉神迷的。是岁月令灵魂深沉。

任何季节的花儿，都有它独到之美。便如柳宗民在《四季有花》中所道："万物有时，花只有在属于它的时间绽放，才能呈现出最美的一面。"而对于人来说，也是每个年龄阶段有每个年龄阶段特定的美。

我的博士导师曾经把她初中时代的照片发到学生群里，一开始我都没认出来，只是清清秀秀的小女孩。而现在的导师，虽然已经40多岁，但身段窈窕、风姿绰约，满身的书卷气，低头浅笑间，似有隐隐光芒流转。我毫不怀疑，等导师到了60岁，80岁，一定更加优雅得楚楚动人。我也向往，成为这样的女人。

导师还有个同学，是一个异常优秀，也异常坚强的中年女人，她本是湖南一所高校的老师，几年前痛失最爱的女儿，而丈夫不仅不能安慰她的悲伤，还与她离了婚，另组家庭。她并没有一味沉浸在悲伤之中，而是尽力从痛苦中走了出来，精心打理好自己的公众号，回忆自己和女儿相处的点点滴滴，记录自己的学习与工作心得，她去美国做访问学者，再做博士后。她在公众号上面分享自己的近照，她也有40多岁了，却美到不可思议，脸上虽然有岁月的痕迹，但眼中依然有光芒，成熟沉静的笑容，如同一株秋天里的黄秋英。

某男性作家曾说，女人若是年华老去，就不算真正的女人，听到这个说法之后我觉得非常惊讶，这个时代居然还会有这样的荒唐思想，难道他就没有母亲、妻子和女儿吗？难道他自己就不会老吗？女性之美，绝对不仅在于她的青春，还在于她的智慧与通透，在于她的涵养与柔韧，在于漫漫人生路上她所绽放的光彩，而这些，都需要岁月来沉淀。

深秋的一个中午，在岳麓山下转了转，发现这里还开着很多的花儿，黄金菊、五色梅、黄秋英、酢浆草、野牡丹、睡莲、石竹、米仔兰、鸡冠花、萼距花、爵床草、月季花……其中，黄秋英的颜色，真是沉静而又夺目啊。

不由得想起阿多尼斯《我的孤独是一座花园》中的诗句："冬是孤独，夏是离别，春是两者之间的桥梁，唯独秋，渗透所有的季节。"

我把这句诗，连同黄秋英的照片，放到了自己的微博上。有花友给我留言："只有到了秋天，万物才呈现出一种明净温婉的成熟之美。若将它比作女人，该是《诗经》里的硕人。"深以为然。

十大功劳：高手的风度

家乡小城里开的中药铺，一走进去，便是一缕药之沉香。以前外公在的时候，药柜是木制的，药名是手写的，更有古雅之感。

后来到了长沙，在学校药植园里漫步时，也经常会看那些提示药植名的牌子。中药的名字，真是很好听。有时候在药植园里徘徊，总是被药名惊艳。然后蹲下身去，细细辨认药植。

有一次，发现有一株平平无奇的小灌木前面，挂着一个小小的标识牌，上面写着："十大功劳"。大感好奇，这个名字则不是诗意，而是气势非凡了。

十大功劳为小檗科十大功劳属植物，又叫土黄连，这是因为，它含有和黄连相同的药用成分，某些时候还可以代替黄连。此外，它又叫作黄天竹、土黄柏、猫儿刺、八角刺、刺黄柏，等等。

十大功劳的名字，源于它在民间医疗保健中的用途广泛，还不止十种。十大功劳的全株都可以入药，如根、茎、叶等都能入药，且疗效显著。可清热解毒、消肿、止泻腹泻、痢疾、黄疸肝炎、烧伤、烫伤和疮毒。

十大功劳不仅可以做药植，也可以作为绿化植物和盆景植物。它不仅有强大的实力，也是有隽秀的颜值的，只是它不靠颜值出名而已。十月底，十大功劳便开花儿了。居然是极明艳的娇黄色，如小鸡雏的嘴儿。花儿细小，只比蓼花略大一点儿，一簇簇地密密开着，挺好看的。十大功劳的叶型如夹竹桃一般修长，但比它的叶片要宽。

十大功劳生命力强，四季常青。2018年1月，长沙大雪。我冒着严寒去药植园看那些药植，绝大部分植物已经冻得抖抖索索，只余了秃枝被冰封住。冰天雪地之中，犹有蜡梅花、美人茶、月季花宛若琉璃雕刻，令人惊艳。南天竹、火棘结出的小红果镶上冰衣，更是如同冰糖葫芦一般玲珑别透。而十大功劳也仍是碧绿清新，虽然叶片上也嵌上了一层薄冰，但只是增加了它的颜值而已。它永远是这样淡然而又安静，如同绝顶武林高手的风度。

这样平日里不显山不露水，而深藏内才，关键时刻还能大放异彩的植物，实在是太有魅力了，人何尝不也是如此呢？我想起以前看过的《天龙八部》里那位明明身怀绝技却甘于做一个平凡僧人的扫地僧了。

扫地僧隐居于藏经阁，平日里功课便是扫地，并不与他人来往，因此竟无人识得他。许多年来他都是独自一人在藏经阁内默默看书默默修炼，谁知道，这样一个貌不惊人的老僧，竟藏了一身惊世骇俗的内家功夫与博大精深的佛学修为呢？竟然可以力压当世两大绝顶高手慕容博和萧远山，并一语中的，点醒他们。尔后，他又为少林寺所有僧人讲解佛法，众人皆听得全神贯注。这个时候的扫地僧，不就是十大功劳吗？看似平凡普通，但其实深不可测。

扫地僧其实隐喻了历史上许多的隐士。比如，唐代王维，他亦官亦隐，布衣素服，徜徉在终南山上，与樵夫闲话，直至行到水穷，坐看云起。谁知道他曾是21岁的状元郎，又是诗书画皆精的大文人呢？又如，明清之际的傅山，他居陋室，开药铺，食粗粮，与野老小民相交无间，谁知道他竟是于学无所不通、又长于书画医学的当世大儒呢？还有更多连名字都没有留下来的奇人异人，他们身怀绝技，却甘愿做山野或者市井之中一棵如十大功劳一般平凡的小草，以自己的能力默默惠泽这个世界，并不愿留下虚名流传于人间。自有烟霞志，飘逸水云身。

法国电影《佐罗》里的佐罗，也是这样的人物。贵族少年狄亚哥平日里不过是个嘻嘻哈哈的纨绔子弟，谁都不知道他的侠义心肠与高明剑术，他也从不在人前显露。而到了夜晚，他则蒙上黑色面纱，冷峻又清醒，以蒙面侠的身份驰骋民间对抗暴政。这种反差萌真是太有魅力了。

有一次，有一位大报的前辈记者来学校和我一起采访一群学校里做中医药公益科普的年轻老师们。采访之前，我带着前辈去参观药植园，把一些药植指给他看，其中就有十大功劳。

前辈见过这种药植，却不知道它有这么一个霸气的名字，询问药效之后感叹道，真是外表朴素的植物，却能有这样大这样多的功用，它们很像他即将要采访的那一群人。

紫叶李不仅在春天美艳,在秋冬季节显得也格外好看。人家树上都是黄色、橙色、红色的叶子,就它是紫色的。别具一格。

紫叶李：紫衣女郎

紫叶李是蔷薇科李属植物中尤其美丽的一种，又叫樱桃李、红叶李。湖南中医药大学校园里，紫叶李尤其多。药植园里、新月湖畔、宿舍楼下，马路上的行道树里，都有。

紫叶李开的时候，先花后叶，整棵树都被细小的莹洁花朵所覆盖，如同氤氲着浅淡紫色的轻云一般，而随着时间的推移，这紫色在逐渐加深，如同紫墨渐渐晕染开来。这是因为，紫叶李的花朵虽然是粉白晕红的，但花蕊和花萼都是紫色，过不多时，叶子长出来，便是纯然的紫色了。这些深深浅浅的紫色，都融入了紫叶李清凉的花色之中。

校园里有一个女生宿舍旁就长着一株四五层楼高的紫叶李，花开之时，女孩们便穿行在花树之下，细小的花朵轻轻坠落在她们的头上、身上，远远看着便美如青春里一个渺远的梦境。这株紫叶李的部分枝叶都伸到宿舍的阳台上来了。女孩们不用下楼，就能触摸到紫叶李光洁柔嫩的花瓣，睡在床上之时也能看到紫叶李映上窗子的小小花影，真是幸福。

如果这宿舍里有爱好书法的女孩就更妙了。晴窗花落砚池香，紫叶李的雪白花瓣轻轻飘落墨色砚池，女孩蘸着花香写字，那个场景该有多美。

紫叶李花儿的颜值其实是很高的，它生的十分精致，五片圆圆花瓣，花蕊细长，几乎探出花瓣之外。虽然单朵紫叶李和桃花杏花樱花都很像，但花萼和花蕊都是紫色，便很容易将它区分开来。而且，紫叶李有一种纤瘦安静的感觉，不像桃杏那么热闹，也不像樱花那么软萌。

不过，何止是花儿的颜值呢，它叶子的颜值也是远远在桃花杏花樱花的叶子之上的，它的叶子是小小的，紫红色的，美得也像花。因此，它也是著名的观叶植物。它的枝干也是紫灰色的，春天里更如一身紫衣的神秘女郎，鬓插粉白小花，眼波悄然流转，就像金庸笔下的袁紫衣，胡斐情不自禁地为之心动的那个美貌的紫衣女郎。

紫叶李不仅在春天美艳，在秋冬季节显得也格外好看。人家树上都是黄色、橙色、红色的叶子，就它是紫色的。别具一格。因此，紫叶李完全可以春天观花，夏秋冬观叶，一年四季都自顾自美丽了。当然它春天的美是尤为惊艳的，花满枝丫，仿佛通身放射着光芒。

我有同学在湖南女子学院当老师，他说他们学校有大片的紫叶李。春日里，紫叶李盛开，花儿开得太过繁密，他都担心要把树枝给压垮了。女孩子们就在繁花下徘徊拍照，不舍离去。这紫叶李也成为他们学校著名的景观。我发现几乎长沙的每个高校，都有标志性的校花，比如，湖南师大的玉兰花，湖南科技大学的樱花，以及湖南女子学院的紫叶李。

紫叶李在六到九月份结果，果子也是紫红色，圆溜溜的，很是好看。小区里有栽种紫叶李，六月时已经坠落了一地光滑的紫红色果子了，有点像大号的樱桃。这真是一种对紫色有执念的植物呀，花果叶枝都是紫色的。紫叶李的果子完全成熟后可以食用，滋味酸甜，但吃多了就比较伤人。正如古语所说："桃养人，杏伤人，李子树下埋死人。"

紫叶李和梅花杂交，可种出蔷薇科梅属的美人梅。在长沙的橘子洲头曾经见过大片美人梅，花期比普通梅花要晚上几周。美人梅果然极其惊艳，当得起"美人"两个字。那日去的时候正好是傍晚，夕阳给万物撒上一层瑰艳的橘粉，黄昏的风浸染着美人面一般的美人梅，云蒸霞蔚，令人心醉神迷。我们在梅林里徜徉又徜徉，几乎都舍不得离去了，用手机随便拍一张照片，都觉得美得不可思议。

美人梅结合了父本和母本的优点，紫红叶片，精致梅瓣，花朵比紫叶李和梅花都要鲜艳光亮，着实娇媚可人。不过，美人梅美则美矣，却很少结果。或许它知道自己不能结果，就更加用力地开花，更加认真地美丽。这也没有什么，当它尽情地绽放之时，它就在毫无遗憾地完成它自己。生命绽放的过程比结果更重要，活出自我比繁衍后代更重要。

厚朴：亲切的包容

在中南大学读书的时候，学校每一年都过女生节，男生给女生们送各种小礼物，还会打出横幅给各自班级的女生夸赞表白，是特别温馨的回忆了。后来到了湖南中医药大学工作，发现这里的女生节过得也很有意思，尤其打出的女生节横幅颇具中医药特色。

有一年的女生节，我便在中医药大学校园里和同事一起静静走着，一路看着学生们的俏皮横幅，忍不住唇角上弯。有一条女生节横幅便是："你是我受伤时的三七，失意时的远志，烦闷时的栀子。"我忽然想到，还可以添一句"寂寞时的厚朴"。药植园的厚朴，是最能慰藉人心的植物了。

在药植园里，厚朴是种在杜仲附近的。它们二者都是秉性温厚的植物。厚朴又名温朴、紫朴，也都是温厚的名字。

厚朴的名字，便给人以安全感。厚德载物，平凡朴素，很有儒家所提倡的含蓄内敛、温柔敦厚之意味。整棵树仿佛《射雕英雄传》里的郭靖，大巧若拙，安安静静，散发出一种亲切的包容。

厚朴是木兰科植物，也就是说，它和白玉兰、广玉兰都是近亲，怪不得看着它的叶子很眼熟，是因为叶子的形状很像广玉兰的叶子，是柔和的椭圆形，只是比广玉兰叶子还要大得多，比之也更加翠绿而柔软。

厚朴三四月开花，花儿跟玉兰的花儿也很像，花蕾如同木笔，花瓣丰腴肉质，花色比玉兰花更为修长，象牙白，而带一抹浅淡红晕，花朵直指天空而不下垂。木兰科的植物，总有一种端庄大气的感觉。但厚朴跟玉兰不同的是，玉兰先花后叶，而厚朴是花叶同在。广玉兰也是花叶同在的。

厚朴开花的时候，也是静默安然。春天里，我时常穿行在药植园里，竟也会忽视了它的开放。暮春时节，在厚朴树下见到一地的象牙白花瓣，蓦然抬头，才忽然发现，厚朴树上只有一朵半残的花儿了，它的花期，竟悄无声息地过了。

它开花时，必定是淡淡儿的，花香也是淡淡的，花色也是淡淡的，因而才不会让人注意到。而它的花容其实是美的，即使是一朵半残的花儿，依然能看得出那美好的姿态，让人一再懊恼竟错过了一树昙华的时分。

与厚朴的相遇犹如久别重逢。厚朴仿佛有一颗饱经忧患却越发温厚之心，走近它便觉得心神安宁。仿佛一位极善解人意的知己好友，不需多说什么，你心里所想他都能懂，而你也懂他心中所想。人的心里有时候会掠过微妙的情愫，如风拂花坠，一闪而过而不可捉摸，失落之后却无可追寻。而此时，若有同一频率的人能将这种微妙情愫如捕捉蝴蝶一般轻轻捉住，并在一个恰当的瞬间不经意地一语道尽，遂会给人以灵魂的震颤与共鸣的欢喜。

廖一梅的《柔软》里说："每个人都很孤独。在我们的一生中，遇到爱，遇到性都不稀罕，稀罕的是遇到了解。"这个世界上，人们各有性格，人生各有趣味，如果能遇见一个懂你的人，遇见一个同样频率的人，那得有多难得多珍贵。同一频率的人就是在一起相处非常舒服的人，彼此欣赏和懂得。而遇到同一频率的植物，也是同样难得。像香樟、栀子、杜仲、甘草、厚朴，就是和我同一频率的植物，总觉得它们能懂我，我也能懂它们。

秋冬季节，走在药植园里，厚朴阔大椭圆的叶子落了一地，这时它的叶子已经转为深栗色，说不尽的萧瑟，但并不萎靡，温厚之气还在，仿佛一个年老的长者或者僧人，已经完全褪去了尘世的浮躁与喧嚣，在心平气和地回顾这一生。

厚朴的树皮、根皮和枝皮可以入药,是除胀和止泻的重要药物。中医方剂名厚朴温中汤,便是由厚朴、陈皮、甘草、茯苓、草豆蔻仁、木香、干姜组成。它的方歌为:"厚朴温中陈草苓,干姜草蔻木香停,煎服加姜治腹痛,脘腹胀满用皆灵。"

杜仲：仁心医者

那天，看学校中医学专业的老师拍照发了一个朋友圈："在青草地里，灌木丛旁，默默地生长着两味中药：白花蛇舌草和墨旱莲。"在中医药大学工作，也真是遍地药香了，除了药植园，校园内的药草也俯仰皆是，可以随手拾得，随时相亲。

药草的名字也都很好听，比如，这位老师拍到的白花蛇舌草、墨旱莲，又如，杜仲、厚朴。

我很喜欢杜仲，首先是喜欢这个名字。杜仲听起来，便如同温厚男子，仁心医者。他仿佛是生长在山野之中温厚朴实的少年，这少年的目光是温和的，他的气质是沉静的，当看到他的时候，他只是淡淡地笑，但会觉得莫名的心安。

杜仲的别名思仙、思仲等，也都是沉静温和的名字。和其他有些药用植物一下雅得不食人间烟火，一下俗得土里土气的名字大不一样。而杜仲名称的来历，的确也是和一个叫杜仲的人分不开，《本草纲目》中李时珍记录道："昔有杜仲服此得道，因以名之。"曾经有一个叫杜仲的男子因为服用这种植物而得了道，所以人们就把这种植物叫作杜仲。杜仲树皮和叶片中都有如棉絮一般的银丝，因此，杜仲皮又叫木棉、丝连皮、丝棣树皮。

在学校药植园有几棵杜仲，也就两三米高，树皮灰褐色，摸起来斑驳璀璨，树干不过碗口大小，算得上文弱纤瘦，树叶和樱花树叶有点像，椭圆形，有着尖端，叶脉清晰。整棵树看上去静静的，普通得不能再普通的样子，看不出任何奇特之处。杜仲开的花也是黄绿色的细小花儿，平淡无奇，也没有特别馥郁的香气，根本不会被人注意到。而它似乎甘于这种被忽略的状况。尤其到了冬天里，杜仲叶子都掉光了，树枝光秃秃的，更显得萧瑟安静。

但实际上杜仲并不普通，还非常珍贵。杜仲这种植物在欧亚大陆相继灭绝，现存在于中国的杜仲是杜仲科杜仲属仅存的孑遗植物。它的干燥树皮，是一味名贵滋补药材，味甘，性温，有补益肝肾、强筋壮骨、调理冲任、固经安胎的功效，在《神农本草经》中被列为上品，并以"久服轻身不老"记之。因疗效出众，杜仲又有着"植物黄金"的美誉。而且杜仲药性的确和它的名字一样温厚，即使服用过量也不伤人。《神农本草经》中就说它"多服久服不伤人"。杜仲叶和杜仲皮有着相同的有效成分和药理作用。

庞元英《谈薮》中曾载："一少年新娶，后得脚软病，且疼甚，医作脚气治不效。路钤孙琳诊之，用杜仲一味，寸断片拆，每以一两，用半酒、半水一大盏煎服。三日能行，又三日痊愈。琳曰：此乃肾虚，非脚气也。杜仲能治腰膝痛，以酒行之，则为效容易矣。"说的是有一个新娶妻子的少年，得了脚软病，疼痛不已，其他的医生都当作脚气病来医治，怎么也医治不好。后来请了一位孙姓医生来治疗，孙医生一看之下，便用杜仲将他治好了。孙医生说，这是肾虚，不是脚气，杜仲能够治疗腰膝痛，用酒送下，疗效更好。这个记载强调的是杜仲益肾的功能，它可治疗肾虚引起的腰腿疼痛或酸软无力。

杜仲不仅温厚，还非常坚韧和顽强。它和一般树木不一样，即使遭到了很大的伤害，也能浑若无事，咬牙恢复。因它药效出众，人们就剥它的树皮。杜仲是不怕剥皮的，即使是残忍的"环状剥皮"也不怕。它总会默默地恢复如初。

这多像一些坚强又沉默的人们。他们不愿给身边的人造成任何困扰，即使受了伤，也会默默地找个角落躲起来疗伤，自己治愈自己。而他们的确具有强大的自愈能力，恢复如初之后，你只看得到他们的沉稳温和，完全看不到他们的伤痕。仿佛他们一直被时光善待，却不知道，他们有多少个痛哭过的漫漫长夜。

杜仲是中国的特有品种，在地球上只有一属一种，即杜仲科杜仲属。第四纪冰期来临时，杜仲便在欧洲和亚洲部分地区消失，只在中国的中部地区存活至今，所以杜仲和银杏、水杉、珙桐一样，是植物中的老前辈，也有"植物活化石"的美称。

而大约是因为一直在中国生长吧，杜仲骨子里的确也浸透了中国人温厚含蓄的气息。和杜仲同样温厚的植物，还有甘草、枸杞、厚朴等等，只瞧名字，便散发出令人安心的感觉。

曾经采访过学校附属医院的一位老教授，他已经七十多岁了，面相儒雅温和。他到了这个年纪，仍然坚持每天看书，做笔记，写论文，深居简出，不喜喧闹。而最让人感叹的一点是，他坚持几十年如一日，每天清晨很早起来，为全家人做好丰盛的早餐。他是教授，是名医，对病患细心负责，对工作一丝不苟，但他同时也是慈父，是贤夫，对夫人和孩子，他更有一颗温厚疼惜之心。

杜仲若是拟人，该是老教授少年时的样子吧。温厚从容，仁心仁术。

粉黛草，又叫粉黛乱子草，这种具有美人缭乱之感的曼妙植物并不是产于我国，而是原产于北美大草原。它是秋天里开花，花期较长，足有两三个月。

粉黛草：意外的惊喜

2018年秋天，中医药大学南大门附近，忽然浮出来一片轻盈曼妙的粉黛乱子草。

粉色花穗单看的话，纤细得如同少女发丝，颜色娇艳又得如同少女脸颊上的红晕。而它又自带仙气，仿佛蒙了一层雾气，朦朦胧胧、影影绰绰的。风一吹来，粉黛草此起彼伏，整片整片地摇曳起来，如风吹粉浪，浪漫得无以复加，远远看去，轻盈柔软如同云霞一般。

而这一片粉色花田又种得颇为巧妙，花田的中心区域是两棵高大的香樟树。这样，花就不是那么单调，树和花相互映衬，又有了大片留白的天空，更有了美学上的意味。

学校官微的一位喜欢摄影的同学，在黄昏以南大门为背景，给香樟树和粉黛花田拍了个照，碧青树冠与一大片粉色云霞般的花田被瑰丽光线浸润着，身后是无限高远的淡蓝天空，仿佛一幅极具意境的画儿，美得令人神魂颠倒。

于是，这片美貌的粉黛草突然就成了师生的打卡胜地。也吸引了长沙市不少媒体记者的目光。有报纸和新媒体对这块粉黛草田进行了报道。校内外各种摄影爱好者在此拍摄，用微距模式、航拍模式尽情地展现这块花田的美。那个时段，朋友圈里好不热闹，都是在晒粉黛草打卡图。

当然，粉黛草也吸引了外来的许多阿姨们，披着丝巾过来拍照，因为踩踏了不少花儿的关系，一度给师生们带来困扰。有女学生看到那纤长的花穗被踩到泥地里，都几乎哭了出来。后来似乎是学校派了专人管理，又加强安保，阿姨们便不见了，粉黛草不再委委屈屈，终于又恢复了风中的自在摇曳。

粉黛草，又叫粉黛乱子草，这种具有美人缭乱之感的曼妙植物并不是产于我国，而是原产于北美大草原。它是秋天里开花，花期较长，足有两三个月。

粉黛乱子草粉嫩的颜色极有少女感，自然也特别受到女孩子的青睐。每次走到南大门那里去看粉黛乱子草，总看到青春洋溢的女孩子三三两两地在那里拍照，摆出各种俏皮的姿势，风里不时传来她们咯咯的笑声。年轻的女孩子，摆出什么姿势都无比清纯好看，仿佛她们自己也变成了一株株自在摇曳在风里的粉黛草。

这片粉黛草地，给她们增加了多少欢乐呀。等未来她们成了中医院里戴着口罩、穿着白大褂的干练女医生，也定然会记得有粉黛草相伴的岁月，因为太美了。

我微笑着在旁边看着，羡慕这粉黛草中无忧无虑的青春了。

这片粉黛草我开始还以为是学校后勤部门专门种植的，后来才知道，原来是学校园艺社的同学，在暑假里自发种下来的，没有报酬，没有要求，只是想给校园增添一抹柔媚之美。当时他们种下的时候，也许仅仅是抱着对粉黛草的一份柔软的憧憬，没有想到最终长出之后，竟然惊艳了学校的整个秋天。

学校也越发爱护这片粉黛花田，早上会有园丁为它们浇水。平日里会有保安或者学生纠察队巡逻，提醒游客注意保护草田。后来为了方便大家拍照，更是贴心地在粉黛草中开辟了石子小径和水泥小路，丝毫不破坏粉黛草的美感。

忽然知道为何对校园内这片粉黛乱子草有似曾相识的亲切感了。眼前的场景与我 2015 年出版的一本记录青春校园的散文集封面有着某种相似?,那本书的封面,正是一片粉地之上,立着一株高大的树,而背后,是高远淡蓝的天空,只是封面上的树不是绿色的香樟树,而是同样粉色的樱花树。但与学校官微学生拍的摄影照片对照看起来,树形、天空、粉地的位置几乎一模一样。

这人生,真是充满无数的奇妙际遇呀。就像宫崎骏《天空之城》里所说的:"很多事情,都是命中注定的。就好像你会遇到什么样的人,和可能会经历什么样的伤痛,以及最终如何离开这个世界。"

省植物园也有粉黛乱子草,就种在向日葵田的一侧,绚烂金黄与娇柔粉色,交相辉映。不过,看过学校这一大片如梦似幻的粉黛乱子草,再看省植物园的这一小片,便觉得不是那么入眼了。人也真是的,曾经沧海难为水,见识过更美的风景之后,就难以再被惊艳了。

紫花地丁：落落野花

带"丁"字的花儿，都是极可爱的小花儿，比如丁香，比如黄花地丁，又比如紫花地丁。

朋友晓雅曾说我相比于那些具有一张倾国倾城美人面的花儿，更加偏爱着这些微小的美丽草花，是呀，它们是小小的贫家女孩儿，可是也拥有属于它们自己的春天呢。它们默默地开放着，开得如此之美呢。它们的青春也是如此晶莹灿然，并不亚于那些出色的名花。虽然很少有人能欣赏到。

它们实在是太渺小了。要看到它们的花儿，得俯下身，低下头，有时候差不多得躺下来，和它几乎耳鬓厮磨，才能清楚地看到它的美。越是这种娇弱小巧的小草花儿，越能引起人的怜爱之心。

早春绿茵茵的草地上，白色的繁缕、金色的蒲公英、蓝色的婆婆纳以及紫色的紫菜地丁是极常见的小花儿。紫色这种神秘高贵的颜色，在紫菜地丁身上却显出几分活泼可爱来。

紫菜地丁和早开堇菜十分相似，两种小草花儿便如孪生姐妹一样，都是堇菜科堇菜属，只有叶形有着细微差距。二月兰是比较高的，可以达到半米；而紫花地丁最高的也不足半尺。

紫花地丁是没有茎的，叶柄和花柄都是直接从根部生出的，因此它几乎贴地而生，这让它看起来越发娇小柔弱。地丁大概是形容它细小而不起眼的外貌，在地上生长的一丁点儿大的紫色小花。就像蒲公英叫作黄花地丁一般，瘦骨伶仃的黄色小花，仿佛是爱怜地称之为黄毛丫头一般。

紫花地丁和一切闲花野草一样，都拥有极强的生命力，并有一种自得其乐的盈盈喜气。参天大树如何过日子，那不是小草花儿要关心的。风雨若嫉妒要来摧残了，那也不怕，紫花地丁深藏的韧性比树还强呢，树会被狂风连根拔起，紫花地丁则会紧紧拥抱着大地，令风无法得逞。即使是暴雨狂浇一夜，浇得紫花地丁几乎窒息，但只要次日太阳出来，温暖阳光中，紫花地丁又会笑嘻嘻地抬起头来，好像什么事情都没发生过一样。

不管世事如何复杂，始终以一颗纯简的心去对待，不管外界如何变幻，我自岿然不动，按自己的节奏过好自己的日子便好。紫花地丁也自有自己的精彩世界。

日本著名作家夏日漱石写过一首关于紫花地丁的小诗："木瓜花开放，漱石愿学木瓜花，守拙持始终。紫花地丁小，我愿生如小地丁，生如地丁小。"这是他的恬淡与无争了，他虽然自认为如紫花地丁般渺小，但实际上他所创作的作品以及他的文学才华曾经划亮过当时日本的文坛，他年轻的时候就有了享誉世界的声名。在世界文坛里，他也是名花，而非小草花儿。

觉得有些作家的文字是要载入文学史的，如同玉兰牡丹这种名花，芬芳和绝丽广为人知。有的作家的文字便如这紫菜地丁这样的小野花，只是为了给自己的心灵构建一个小小的独立的世界，默默无闻但自得其乐。偶尔会有人无意中发现这不知名的野花之美，惊艳一下，然后便忘了。这些落落野花一般的文字便洒落在世间的尘埃中，从此再也寻不见了。

我也是很爱这些包括紫花地丁在内的野花杂草，微小而又强韧的生命，它们不为人知，它们自得其乐，它们无足轻重，而正是它们，共同构成了这个世界宏大而深邃的美。我爱着它们，犹如爱着我自己。平凡而素朴的花儿，也有自己的春秋与冬夏，也可以有自己的轻盈与丰盛。

它们太渺小，也许不会在这世上留下任何痕迹，和每一个普通人一样，而其实，它们各有个性，各有欢喜，各有自己悲欢离合的故事，也和每一个普通人一样。它们在蓬勃的生命中隐藏着安静的哲思。最终，它们会融入大地，进行生命的又一个轮回，这又跟每一个普通人一样。我们都是来自大地，最后又要回归于大地。这也是为什么我想记录下它们的原因，因为，我似乎能懂得它们。

紫花地丁也可以采来当作蔬菜食用。虽然是细细小小的花，但它清热解毒之功效非常强劲。主治黄疸、痢疾、乳腺炎、目赤肿痛、咽炎；外敷治跌打损伤、痈肿、毒蛇咬伤等。蒲地蓝消炎片，就是蒲公英、紫花地丁、板蓝根三味药组成。

紫花地丁也可做成盆景，以它强大的生命力，会轻而易举地把小花儿开满整个花盆，给人以满目的明亮与欢喜。

繁缕：洒向大地的星芒

长沙高校校园里的生态环境越来越好了。之前看到有一个微信推送，即是盘点各大高校春天开的鲜花，每一个学校都有其代表性的植物，各高校的学生们留言颇多，积极性很高。然后就是发现，不仅是植物，动物也很受学生们的欢迎和喜爱，各大高校的官微也曾推出校园里的小动物。

湖南中医药大学的官微，就曾推出关于校园里的鸟儿的一个专题。那时四月的时候，学校新月湖中心的一个小岛开满了紫藤，如笼了满岛的紫色烟雾，如梦一般。这个时候，就有多种小鸟飞到这个梦一般的岛上度假游戏，我们在湖岸边只听得到叽叽喳喳的清脆声音，看得到它们翩飞的小巧身影，但是看不清它们是什么鸟儿。不过，湖中大的师生们又多了一个网红打卡景点了。

而我的母校中南大学玉带河上校友前几年捐赠的几只白天鹅与黑天鹅，早已繁衍成了一个大家族，天鹅们拖家带口地在河上悠闲地逛来逛去，也是校园网红一景。天鹅们游到岸边，喜欢啄几口草儿。

它们爱吃的草儿之中，有一种很是有名，名字也很美，叫作繁缕。

繁缕开花很早。早春二月，就在中南大学新校区草地上见到繁缕开的花儿。后来回到中医药大学药植园，也看到它在蒲公英身边闪烁。繁缕花朵只有米粒那么大，雪白小花星星点点地点缀在贴地的绿叶上，仿佛若有光，怪不得有人称繁缕是"洒向大地的星芒"。

繁缕虽然细小，生得却不粗糙，甚至可以说是很精致了。长椭圆形的十片小花瓣，整整齐齐地环绕着花心，呈放射状，因此才有"星芒"的感觉吧。五片绿色的小萼片比花瓣还长，托着花朵。繁缕花朵的密度也比较大，伸出手指轻轻一拢，就是轻软细嫩的一小捧，倒把人的心弄得柔柔软软的。

繁缕其实不过是常见的杂草，而这个名字却蕴藏着诗意，也不知道是哪个爱怜它的人给它取的。繁缕，繁缕，倒是很喜欢这个名字，仿佛民国时期的女子，身着旗袍，并无其他饰品，只腕上一枚莹润生光的翡翠玉镯，岁月静好之感。沉吟处她忽然抬眼，一双秋水般明净的眸子淡淡看来，便惊艳了时光。繁缕跟这个名字是契合的，虽然出身小草花儿，但精致的面容与从容的风度并不会让人小瞧了它。美丽的小花总是会被人喜欢且善待的，正如美丽的少女一般。

还有一种和繁缕名字同样民国风的小草花叫作香薷，香薷这个名字，倒像明清时的大家闺秀，眉目楚楚，书香袅袅。香薷有发汗解表、化湿和中等功效，《红楼梦》中，黛玉在夏天里也是服下香薷解暑汤以解暑。

繁缕是石竹科的植物，又叫作鹅肠菜，鸡儿肠。还有个名字，叫作滋草，这是因为它繁殖能力强，易于增长的缘故。《本草纲目》载："此草茎蔓甚繁，中有一缕，故名。俗呼鹅儿肠菜，象形也。易于滋长，故曰滋草。"繁缕繁殖力十分旺盛，一年四季，都可以开满白色小花，四面散播红褐色的小圆种子。

繁缕的种子很受鸟儿们的欢迎。因此，它的花语名字是"恩惠"。繁缕几乎遍布全球。日本园艺家柳宗民所著《杂草记》中，还说繁缕是日本"春之七草"之一，并说他小时候还曾摘繁缕喂金丝雀。

陶弘景曾道："蘩蒌，人以作羹。五月采，曝干，烧作屑，疗系恶疮有效，亦杂百草作之，不必止此一种。"繁缕在古代是一种野菜，可以用来做羹汤食用，全草可以入药，有清热解毒、活血止痛之功效。晒开研碎后，能治疗恶疮。《湖南药物志》记载：繁缕可"止小便利，遗尿，洗手足风丹，遍身痒痛。"

在岳麓书院，曾见过繁缕景天，却是景天科的植物，开黄色五瓣小花，花瓣尖尖，似小小的五角星。繁缕景天和繁缕并不是同一种植物，因此花儿一点都不相像。

丁香：美丽和哀愁

第一次见到丁香是在南京一个公园里，细小精致的丁香花儿，挤在一起却不显喧闹，像是在静静地等待着什么似的。

站在这诗意的小花儿面前，我的心里也忽然宁静了。

带着"丁"字的花朵儿，都让人觉得怜爱。比如，黄花地丁、紫花地丁，又如，丁香。一丁点儿大的花朵，可是开得那么美，那么香，那么叫人心旌摇曳。

丁香是一种看起来就有故事的花儿。总觉得那花儿浅笑的背后藏进了无数洁净却缱绻的心事，可又是轻盈浪漫的。日本童话作家安房直子曾经写过一本童话《紫丁香街的帽子屋》，只看名字都会感到一缕童话的梦幻。

丁香最常见的是紫色，也有红色。紫丁香初开时紫色浓郁，然后渐渐颜色传淡，变成浅紫红色。丁香还有白色，白丁香清淡，不如紫丁香美貌，但是却极香。那次在南京旅行，我没有见到白丁香，却听我家先生说花开之时，一株白丁香可以香满整个小巷。也是令人神往啊，等找一天，再在江南的街头，去仔细寻找一棵雪白浓馥的丁香花。

后来看湖南大学团委和生物学院共同编写的《湖南大学校园植物总览》，才发现原来湖大就有白丁香，就在湖南大学图书馆东侧。还一直以为长沙没有丁香呢。这中国原产的古典植物，真希望多看到它。外来的植物固然美丽，但本土的植物，更加具有承载文化的记忆呢。它自古以来便是文人笔下相思与幽怨的象征。晚唐诗人李商隐《代赠》诗道："芭蕉不展丁香结，同向春风各自愁。"南唐中主李璟《浣溪沙》词云："青鸟不传云外信，丁香空结雨中愁。"

不知道与湖大毗邻的母校中南有没有丁香，很希望中南大学也能有一本校园植物图鉴之类的书籍。我曾经在我一本记录校园与青春的散文书里写过一组中南大学的校园草木，但远远不够，中南大学有多少可爱的草木呀。有心想写一本《中南草木》，但毕竟已经从中南毕业，不再与中南草木每日晨昏总相亲了。如果要具体记录染有这个学校气息的每种草木，得身在校园，时时留心才行。

丁香的十字小花又圆又小，十分可爱，很像衣襟上的盘花扣，因此被称之为"丁香结"，丁香花开时，一簇一簇的小花，又称之为"丁结，百结花"。还是"丁香结"好听，仿佛衔了一缕徘徊不尽的心事。

丁香是木犀科丁香属，而桂花是木犀科木犀属，因此，丁香和桂花长得很相像，都是丁点儿大的四瓣小花。桂花也宛若恬静少女，二者都是芳香袭人，桂花的香气要更浓郁，但两者不同的是气质，桂花温婉平和，如邻家小妹。而丁香雅洁安闲，如神秘的陌生女郎。

因此，戴望舒的《雨巷》里，他希望飘过来一位"一个丁香一样的，结着愁怨的姑娘。"她是有"丁香一样的颜色，丁香一样的芬芳，丁香一样的忧愁，在雨中哀怨，哀怨又彷徨"。第一次读到这首诗时，是一个雨夜。慢慢地读着，仿佛纸面已经变成了紫丁香色。

不过可惜的是，戴望舒的爱情竟是那样波折。他渴望邂逅一个丁香一样的结着愁怨的姑娘，渴望邂逅诗意、神秘和美好。现实中，他也的确遇到了，这就是他的好友施蛰存的妹妹施绛平。忧郁的他爱上美丽的她时，她才18岁，他费尽心思地追到了她，却不得不满足他哥哥提出的条件而赴法留学。结果八年恋爱，以她移情别恋而结束。错过初恋之后，他后来的爱情也皆不如意。他前妻穆丽娟说："他对我没有什么感情，他的感情给施绛平了。"

雨巷诗人，终其一生也没有能跟他的丁香姑娘在一起，后来孤独凄惨地死去，令人叹惋不已。他的诗是真美呀，"说是寂寞的秋的清愁，说是辽远的海的相思。假如有人问我的烦忧，我不敢说出你的名字。"这忧郁的诗意，也像是丁香花上凝着的一点哀愁。

美国作家纳博科夫在26岁时写下了一部《玛丽》，这也是一部带有回忆初恋意味的小说。男人想起和初恋女友相会时的花园里，开着丁香和山楂；想起和她一起去一条小河划船，河边花草芬芳。回忆如此美好，让他沉醉且伤感。

仿佛一首老歌："你可记得三月暮，初相遇，往事难忘/两相偎处，微风动，落花香/对我重唱旧时歌/对我诉说老故事最甜蜜/往事难忘不能忘"。

剪下一段旧日时光，静静收藏。
从此，天涯海角，唯望君安。

这仿佛便是丁香深藏的心事了，关于初恋，关于爱而不得，关于美丽和哀愁。"芭蕉不展丁香结，同向春风各自愁"。

枸杞可做中药材和滋补品，中医很早就有「枸杞养生」的说法。枸杞的花、叶、果、根均可入药，春、夏、秋、冬都可食用。

枸杞：四季养生

每年五月中旬到六月中旬，学校药学院的老师都会带学生们去浏阳大围山采药，然后就会在朋友圈里晒各种各样美丽的药植，把我羡慕得不行。如果我是学药用植物学专业的，每年也可以有一个月的时间带学生去大围山辨识各种草木了。而如今，我只能在学校的药植园里来与药植亲近了。幸好园内四百多种药植，也足够看了。

药植园里有几株小小的枸杞。四五月时，我就在药植园邂逅了开花的枸杞，红色或者紫色，如茑萝花一样，五枚尖尖的花瓣，像小小的五角星，而花蕊特别修长，长过花瓣。原来枸杞花竟然也如此美貌。我于是拍了一组枸杞花的摄影照片，学校官方微博的运营团队很是喜欢，学生们找我要了照片，放在了官博上。

初次见到枸杞时，竟有一种曾经爱过的感觉，就好像对着曾经心动过的人一般，温暖而亲切，还有点淡淡的惆怅与忧伤。这种感觉很奇怪，明明在故乡小城湘阴和母校中南大学，是没有枸杞的，到了中医药大学才在药植园里真正认识了它，相见如此之晚，却感觉如此熟悉。大约与植物的缘分和与人的缘分一样，说不清道不明。与君初识面，犹如故人归。

枸杞子是枸杞结出的小红果。枸杞冬日结果，枸杞子只有豆子般大小，十分晶莹可爱。但这小红果不像火棘果或者南天竹子那样扁圆或者浑圆，而是作长卵状，有点像微缩型的乌龟蛋。据记载，有的枸杞子"味如葡萄，可作果食"，而晒干了的也"红润甘美"。

我们在湖南经常食用的枸杞子，已经是晒干了的，暗红色的，大多来自宁夏。虽然不复它光华鲜丽时的样子，但闻到那枸杞子温柔如冬日阳光一般的气息，便已觉得满足。洗干净放入口中，细细咀嚼，也觉得甘芬甜美，的确有点像葡萄干。

曾到岳麓山下一座书吧里小坐，书吧里有一甜品，雪白酒酿上一点枸杞红，看上去很清爽，名字极别致，叫作"雪里春信"，似是取自李清照的词句"雪里已知春信至，寒梅点缀琼枝腻"。酒酿枸杞滋味也是清甜宜人。饮了一杯，便觉微醺。

枸杞可做中药材和滋补品，中医很早就有"枸杞养生"的说法。枸杞的花、叶、果、根均可入药，春、夏、秋、冬都可食用。《本草纲目》中载："春采枸杞叶，名天精草；夏采花，名长生草；秋采子，名枸杞子；冬采根，名地骨皮"。《本草纲目》中又说："枸杞，补肾生精，养肝……明目安神，令人长寿。"

中医药大学里常常会举办"药膳大比拼"，枸杞因其养生保健功效，是出场最多的食材之一。有一次我去现场观看，只觉医学生们的玲珑机巧心思真是令人惊叹不已。"花见"队的参赛药膳"古池香泛梨花白"，如"珍膳美"队的"过雨春波浮鸭绿"，"竹林七贤"队的"长河落日圆"，等等，都是诗情画意。"秀色可餐"队的参赛药膳名叫"福气东来饺"，便是用枸杞子、鸡肉、虾皮、黑木耳、胡萝卜、韭菜、鸡蛋、白茯苓、玉米、香菜精心烹制而成，具有清肝明目、补脾健胃等养生保健功效。

枸杞的产区主要集中在西北地区。在那里枸杞也是野生的多。不仅山里有，有时候街角墙根都会看到。看心岱《闲花贴》引张宗子《开花般的瞻望》说："在大的庭园里，路的拐角，山石的某一侧，点缀几蓬恣意疯长的枸杞，应该是不难看出的。"并说苏州有些园林用一丛丛枸杞做点缀，是很好看的。

2017年，我去过苏州园林中的拙政园，去拙政园的时候是农历一月份，恰逢蜡梅盛开，清芬馥郁，一门心思就沉浸在花香里，并没有发现枸杞的小红果。只觉得精致园林里点缀剔透小红果儿，也真的是别有意趣。后来在2018年的农历十二月我又去了甪直古镇，听说古镇内保圣寺有古木三绝，即百年枸杞、千年银杏、百年紫藤。走入那个保圣寺，我果然邂逅一株苍老的枸杞，如虬龙一般的枝干上闪烁着星星点点的小红果。

一直很喜欢枸杞子的气味。清淡而醇厚，叫人安心与温暖，像是刚刚遇上初恋少女的男孩子，想要把整个世界，如同一个玫瑰色的果子，放在心爱的女孩手上。那样全心全意、不管不顾，什么都可以包容的爱情，大约一生只有一次了。

在校园读书之时，常写校园微型小说，也发表不少。有天中午跟一家期刊的编辑交流，她可爱得很，问我有没有写长篇的想法："将女主角设置成你比较喜欢的寂静隐忍冷艳知性、对爱情不是很感冒的女生，给她配一个爱她到骨子里，但性格很迥异的男子，写两个人之间的爱情故事，结尾是比较默契十足的。"外表冷静理性内心脆弱柔软的女孩子，能在最好的年华里，拥有一份深沉真挚的爱。冰雪终被春天融化，眉目间不再是寂静风景。现实中，这很难，可是在小说中，就很容易。小说本来就是可以造梦的。看什么时候，能给小说里的女孩子，写一个枸杞子般温厚的男子吧。不过现在还没能写出来。

枸杞子泡茶，也是甘芬温厚，再加上几朵菊花，唇齿间更觉甜美。食之则"气可充，血可补，阳可生，阴可长，风湿可去，有十全之妙矣！"枸杞子泡茶可益智强精、降压滋肝，还可以增强体质，预防疾病。

白芷：香草美人

看清代蒋本厚的《香零山小记》，不由得迷醉于文中的意境："予曾泊舟其下，明月东来，江水莹白。独坐揽袂，觉草木皆有香气，知古人命名，殊不草草。"

一轮皎皎明月照耀着悠悠江水，江水被月光浸得晶莹通透。一叶小舟缓缓而来，一位青衫书生在舟头揽月独坐，只觉奇香袭人。而这漫山香草、散发着馥郁香气的山，就叫作香零山。

香零山是位于永州的一座小山，"香零烟雨"正是永州八景之一。只是很好奇，那时香零山上的香草，是什么草呢？查询资料，说是一种神妙的香草，传说是南极仙翁所种，叫作香零草，因为其馥郁香气，被作为贡品，到了清代以后，香零山上的香草便绝迹了。

不由得大为可惜。有说那香草叶似罗勒，也有说芳如兰蕙，而罗勒和兰蕙，都是《楚辞》中所出现过的香草。

《楚辞》满篇芬芳，香草美人，而其中让人印象最深的香草，并不是罗勒和兰蕙，而是白芷。白芷是《楚辞》中出现次数最多的一种香草，并且它在《楚辞》中共有六种不同名称，分别为芷、白芷、茝、药、茝和蘸。而其实，白芷还另有不少其他仙气袅袅的名字，如苻蓠、泽芬、白臣等。

初初从《楚辞》读到白芷时，便心中微微一动。白芷对我来说，一直是仙草一般飘忽瑰艳的植物，从没有亲眼见过。幸好，它不是传说中的植物，也没有像香零草那样绝迹江湖，而是现实中实实在在存在的植物美人。我想，我总有机会和它见面的。

后来我到了湖南中医药大学工作，学校有个药用植物园，对那个药植园喜欢到不行。北大美学教授叶朗曾说，要以审美的体验和心思灌注日常生活。而行在药植园的花香药气之中，不就是审美的生活吗？

也是在夏日的学校药植园内，我终于见到了真正的白芷，才把现实中的白芷与文学中的白芷对应起来。

就在药植园木栅栏入口那里，一丛丛伞状的白色小花，轻轻摇曳着，宛若星河中无数星星闪闪烁烁。这小花儿的花叶有点像当归和蛇床，但别具一种洁净而脱俗的气质，小花儿也要比它们的大一点儿。于是，我心里便有了微微地期待，看标志牌，果然是白芷。它是伞形花科当归属植物，自然跟当归长得很像。

久闻其名，不期而遇，便有淡淡的欢喜如花香一般萦绕心间。伞形科出气质型的植物美人。白芷原来是这样平平无奇的面容，可是极沉静温文的样子，让人见之，不免心生好感。

我不由得心里默念，原来，这就是白芷，这就是《楚辞》里出现最多的香草美人。对照《离骚草木疏》的记载细看，觉得眼前的花儿，和纸上所描述的花儿，完全一样："芷，芳香也，生下湿地，根长尺余，白色枝杆，去地五尺以上，春生叶，相婆娑，紫色，阔三指，许花白，微黄，入伏后结子，立秋后苗枯，一名泽芬。"回去之后，也不禁一再跟先生说起白芷，白芷原来是这样的植物美人。常常提起某一个人，一定是爱上他了，常常提起某一种植物，也一定是爱上它了。我就这样，一见钟情，爱上了白芷。

有段时间，很想把《诗经》《楚辞》里的药植都用自己的感悟写一遍，然后用水墨或者水彩画出来，最好还能画出它们拟人的样子，作为插图，然后做成两本美丽的小书。但这个工程太大了，迟迟不能完成。画画比摄影耗时太多，而我的确也多年未提画笔，画好并不容易。但亲眼见到白芷之后，不禁又动了这个心思。无他，现实中的白芷太过美好，和文学中的白芷一样美好。美好的事物，人都是愿意亲近的。

白芷因根为白色而得名，植株极芳香，芷到了宋代被称为"香白芷"，也是强调其香气。《本草正义》称它"芳香特甚"。白芷的叶子在古代常用于沐浴，沐浴之后令人满身香气。《楚辞芳草谱》中也有记载："楚辞以芳草比君子而言芷者最多，盖今香白芷也。出近道下湿地，可作面脂，其叶可用沐浴，故曰'浴兰汤兮沐芳'。"

白芷的香气自然不会被人们所忽略。明代万历御医龚廷贤所著的《寿世保元》中载有"透体异香丸"一方。透体异香丸又名透体气口丸，就是服用后可以使得身体和口气芬芳的药丸。即用沉香、木香、丁香、藿香、没药、零陵香、甘松、缩砂仁、丁皮、官桂、白芷、细茶、香附、儿茶、白蔻、槟榔等中药材，炼蜜共膏捣丸，如芡实大。清晨噙化一丸，黄酒送下。据记载，此方主治五膈、五噎痞塞，诸虚百损，五劳七伤，体气，口气。

这"透体异香丸"应该极为女子所看重吧，治疗的病症什么的倒不在乎，重要的是香气，让全身都散发着一缕药之沉香。

白芷不仅能让人香，还能让人美。汉代《神农本草经》里记载白芷能使人"长肌肤，润泽颜色，可作面脂"，因此白芷还可以用来作为日常美容，将白芷碾末，可作面脂，有增白滋养之功效。据说清代慈禧太后的玉容散，就是以白芷作为主药。白芷还可以和桃花酿成芬芳馥郁的桃花白芷酒，可饮用也可外涂，能活血通络，祛斑润肤。

白芷主要以根入药，药用价值很高，可以祛风、燥湿、消肿。白芷还是著名的止痛药，可以治疗头痛、骨痛、牙痛、腹痛等问题，它是一味性温的药物，能用来调理风寒疼痛。白芷又能通窍，芳香可开窍，白芷如此之芳香，自然可以直通鼻窍，治疗鼻炎。白芷同辛夷、细辛用治，可宣通鼻窍，治疗鼻病。白芷还可以用于祛风止痛，主治"女人漏下赤白，血闭阴肿，寒热，风头侵目泪出。"《妇人良方》中记载有"白芷散",便是用白芷制成。

  白芷是可以做菜吃的,它是药食同源的植物,《养小录》中记载白芷嫩根"蜜浸,糟藏皆可",也就是用蜂蜜浸渍或者用酒糟腌制后贮藏起来都可以。白芷可与同样是《楚辞》香草的川芎一同炖鱼头,做成川芎白芷鱼头汤,可行气开郁、祛风燥湿;白芷搭配当归、红枣、枸杞等炖鲤鱼,可做成白芷当归鲤鱼汤,能散风除湿、通窍健体。

绿萝：乖乖女的前生今世

人之所以对另一个人心动，是因为他们身上有相似的特性，人对草木的心动也是如此。像我，就特别喜欢简单而清爽的植物，大约是我自己也是纯简的人吧。因此，我会对绿萝动心了。

绿萝为天南星科喜林芋属植物，颜色非常青碧，尤其是初生的嫩叶，让人看到眼睛便能瞬间舒畅。绿萝叶片尖尖，线条柔和，像是少女的瓜子脸儿，满是天真娇憨的气息。

绿萝原产于印度尼西亚所罗门群岛的热带雨林，缠绕性很强，气根是极发达的。在热带雨林里，绿萝可缠绕高大的乔木，攀爬至数十米的高处，是充满不羁野性的藤蔓植物。因此它又有别名叫作魔鬼藤、黄金藤等。

但是现在看到的绿萝，多是在室内见到，看上去像是性格很好的清新女子，一笑起来双眼弯成月牙的那种。大约种植在人家里，有人爱，有人宠，有人养，还有人陪着说悄悄话，因此，绿萝完全收起了它的女王气场，化身为乖巧小少女。可让人意想不到，在遥远闷热的热带雨林地区，它的小宇宙会是那样强大。

种植绿萝是真不用操心，绿萝是喜阴植物，不喜欢强烈的阳光，放在室内有散射光即可，不用太操心就能长得很好。我家的阳台地上、书房桌上以及落地窗旁，就都种了绿萝。绿萝袅娜的叶子秀美地下垂，看上去极温柔的模样。当午后的风把蓝色窗帘布吹起之时，绿萝的影子映在玻璃落地窗上，像是电影里的一个剪影。

后来我在家里养小兔子。最初只养了一只胖胖的小白兔，取名叫作奶糖。后来又养了一只小白兔，干脆就叫作小白。小兔子很聪明，已经开始学着在笼子里喝水和上厕所，在鞋盒里吃兔粮和睡觉。不忍拘束了它们，便没关笼门，放在书房里养。它们特别喜欢那个落地窗前的小沙发，经常在上面玩耍。我一走过来，小兔子会跑到脚边，变成一只蹭来蹭去的萌萌小团子。

小白特别调皮，比奶糖要活泼，它总是偷偷从书房里溜出来，跑到阳台上，去偷吃阳台上的绿萝。可是书房的玻璃门我明明只开了很细的一条缝儿，它就这么生生地钻出来的，身体柔韧性真是不可思议。我发现之后，绿萝已经被咬了几口了，只得哭笑不得地把这顽皮的小兔子捉了回去。但绿萝没受影响，长得越发青葱了。

绿萝生命力很强，被称为"生命之花"。如果不修剪枝叶，能让它充分生长的话，绿萝也能很快缘满整个房间，让室内盈盈绿意恣意舒展，造成热带雨林的错觉。但奇怪的是我并没有看到过绿萝开花，是不是也开得非常低调呢。而它的花语也是好听的，叫作"守望幸福"。

绿萝除了能养眼，还有着强大的空气净化功能，能有效地吸收空气中甲醛、苯和三氯乙烯等有害气体，有绿色净化器的美名。

有一日，跟好友平平聊了学院走廊里文化墙甲醛气味的事情，结果隔天就接到了平平快递来的三盆植物，为绿萝、迷你椰子、小家碧玉。平平在电话里说，绿萝可以净化空气，自己也可以多买几盆放在办公室，就会感觉是被一个小型的绿色氧吧所轻轻环绕着，斗室之间也会无端生出云海山峦之感，身体都仿佛轻盈得多。

我把那盆绿萝放在办公室电脑旁边。那绿萝从电脑后伸了过来，正好平平地摊在电脑屏幕上，好像一颗绿盈盈的心。

不久，绿萝新发的嫩叶还伸到电话机旁边去了，很是俏皮。那刚刚生长出来的新绿色真是好看，柔和，清新，满满的张力，像是十几岁少女的青春。果然很好养活，只喝清水便精神抖擞。

与绿萝相比，小家碧玉倒也坚韧，清新的豆瓣绿，也发了新叶。只是迷你椰子还是比较娇弱的，很快叶子就黄了，撒落一地。

有了绿萝的陪伴，心神便安定了不少，甲醛气味也不再可怕。过了一个夏天，气味终于散尽，而绿萝一直在办公桌前陪伴着我，是我离不开的伴儿了。

铜钱草：所欲无法随心

铜钱草实在可爱。圆溜溜的叶片，好像袖珍的荷叶，又好像一个齐刘海儿的小女孩，是的，就是电影《城南旧事》中的小英子那样。

楼下的草地里，有一块专门辟出的小绿地，长满了圆圆的铜钱草，大概有青杏那么大。在岳麓山下徜徉时，也发现在小沟渠里，长着一丛丛铜钱草，这铜钱草只有指头那么大小。

真是有趣，我想起那些在鱼缸里的小鱼，永远只有寸把长，无法长大。而池塘、河流以及大海里的鱼，则可以长成想象不到的长度。有一年，学校的新月湖打捞鱼群，竟然打捞上来好几条一米多长的大鱼，有的大鱼几乎跟成人一样高了，一个壮年男子提着一条大鱼几乎都提不起，两个人一起才把大鱼勉强提了起来。当天食堂就加餐了⋯⋯

铜钱草，它在野外，可以长到多大呢？会比荷叶大吗？就像天南星科喜林芋属的绿萝，当它野生在热带雨林时，可缠绕高大的乔木，一直攀爬至数十米的高处，因其强大的缠绕力，而有魔鬼藤之称，但是被人类收养了之后，绿萝就成了室内静静绿化环境的乖巧植物，仿佛一个因为爱上某个男子而甘心收起所有野性、安于平淡生活的小妖女，眉目间岁月静好得你再想不到她之前跌宕起伏的激烈生活。铜钱草呢？

果然，一查即知，铜钱草并不是像外表一样软萌温柔的小草儿，而是有强大攻击性的入侵植物。跟同样外表小清新的一年蓬一样，它生长迅速，适应性强，很快便能蔓延成满地绿意，而比一年蓬更强悍的是，它更不挑环境，水生旱地都能生长。如果把铜钱草养在池塘中，它能马上占领整个池塘，并使得其他植物很难存活。

这样强大的植物，也被人类驯养成温良无害的小宠物了，如同把野虎驯养成家猫。不过驯养了它之后，人类和它都不感到孤独了吧。

我想送一盆铜钱草给朋友，于是便买了一盆。特意挑了一个好看的青花瓷盆子，然后把铜钱草种进去。铜钱草是水培和土培都可以的，半水半土效果更佳。

不知为何，铜钱草老是无精打采，满怀忧郁的样子。到了拜访朋友的那天，发现铜钱草的叶子都黄了几片。还怎么送人呢？只得把它留下来，临时去花店买了一盆文竹。

结果回来之后，照常给铜钱草浇水，小心地剪掉黄叶。过了几日，它竟然又奇迹般地恢复了生机，它绿意盈盈地立在水中，似乎之前那些郁郁寡欢，只不过跟我开了一个小小的玩笑，或者是在撒娇，它不想离开我家，不想去朋友那里，而是想留在我身边。

我不由得笑它的傻气。我当然会怜爱它并且包容它的任性了。不过，更多的时候，在人家家养的铜钱草是无法随心所欲的。它无法选择它所处的环境，只能随遇而安，顺势而行。

铜钱草还很能干呢，它也有空气净化器的功用，能吸收空气中的二氧化碳，释放氧气，放在室内能净化空气。和薄荷一样，它还能作为调料品来做菜。也难怪人们喜欢它了。

铜钱草其实并不单指某一种植物，而是多种圆圆叶子的植物通称，通常家养的铜钱草为伞形科天胡荽属植物。另外还有一种叫作铜钱草的草儿，是积雪草，是家养铜钱草的亲戚，为伞形科积雪草属植物。

积雪草的名字也很美。在皑皑白雪之中，一株独自摇曳着的碧绿小草，带来生命的葱郁气息。陶弘景曰：此草以寒凉得名，其性大寒，故名积雪草。一听这个名字，就仿佛处事冷静果断，从不拖泥带水的女子，她衣着简净，行事迅速，因为懂得没有太多时间可以纠结和浪费，毕竟人生苦短。

积雪草生于阴湿荒地或者村旁路边，叶子像一顶顶绿色的小伞，甚是可爱。是遍地可见的小野草，并不是生长在极寒地带难得一见的冷艳美人，反而是邻家姐姐一般的朴素爽朗。

积雪草是还未被驯养的铜钱草，虽然孤独，但是自由。有人养有人陪自然热闹，却失了自在，无法随心所欲。

蓝雪花的五瓣花儿平平绽开，一簇簇的，几乎开成了小花球儿，果然像是一捧蓬松的蓝色雪花，可以用手轻轻掬起的。

蓝雪花：记得要美好

素闻蓝雪花是开花机器，不娇气，且容易爆盆，于是我便在阳台上种了一盆蓝雪花。

果然，蓝雪花一天比一天开花更多。即使是在夏季的烈日烘烤之下，也是淡然安然，专注于开自己的花。它的颜色是那种叫人心安的粉蓝，有点像樱花的轻盈温和，不像牡丹或者桃杏那样明艳张扬。蓝雪花的五瓣花儿平平绽开，一簇簇的，几乎开成了小花球儿，果然像是一捧蓬松的蓝色雪花，可以用手轻轻掬起的。而且，它花期多长呀，可以从初夏一直开花开到深冬，仿佛不知疲倦一般。

养过不少花儿，蓝雪花真是我养过的最省心的花儿了。因为忙碌，我没有太多时间管理花儿，养的这些花儿大多就在阳台上自生自灭，因此必须是坚韧的花儿才行。这些花儿中，蓝雪花尤其坚韧，虽然看起来那么柔弱呢。它既不怕热也不怕冷，风吹雨打也不怕，鼓鼓地喝饱了水，就能开出极多也极淡雅的花儿。

不知道在漫长的进化过程中，蓝雪花吃了多少苦呢，才练就如此强大的内心。就像没有人是无缘无故坚强的，坚强的植物背后，一定另有原因。而人们精心呵护的园艺植物，温室里的花儿，因为有人爱有人宠的缘故，是经不起外来的风霜雨雪的。蓝雪花温柔恬然的背后，说不定就藏着很让人心疼让人动容的复杂故事。然而它从来不说，只是在轻风中微微笑着，你也无法询问。它看似很简单，实际上却深藏着无数天风海涛般的秘密，这让它有了一份安静的神秘。

蓝雪花有点像张爱玲小说《半生缘》中的顾曼桢，因为姐姐曼璐的舞女工作，曼桢为了避免不必要的骚扰，始终装扮朴素，常年穿着一件蓝布衫，年轻的女孩子谁不爱俏呢，她却从来不碰那些娇艳颜色与时髦发型。姐姐出嫁后，她更是成了家里的顶梁柱，一日打三份工，一份写字员工作，两份兼职家教。而她并不以此为苦，始终淡淡微笑，依然有着青春的活力与娴雅的风度。这样的曼桢，自然会让世钧心疼又爱惜。可惜她被最亲的人伤害至深，虽然两情相悦，却再也不能跟世钧在一起。但曼桢是坚韧的，并没有同心而离居，忧伤以终老，而是依旧认真地生活，照顾好自己和孩子。她身上有一种温柔而强大的韧性。蓝雪花也是如此，淡淡的，素朴的，却坚韧而美丽。

不久以后，到了初秋。这时候到阳台上再看，发现阳台上的草木已经越发热闹了。蓝雪花早已开成真正的花球。彩椒开着紫色的小花，结出了紫色的小果。薄荷结子了，还有零星蓝紫小花点缀着。辣椒继续开洁白小花。栀子、茉莉以及姬小菊的花儿已经开过凋谢了。

风一吹来，依然满室生香。当然不再是栀子和茉莉的香气了。我深深地闻了闻，是陌生而温柔的香气，应该是来自蓝雪花吧。这花香似乎是一种类似于花露水的气息，却更为淡雅宜人，仿佛宣纸上的一痕水墨在静静氤氲。

后来，又买了一盆也是阳光灿烂不娇气的长春花，放在蓝雪花花盆旁边。长春花鲜妍娇艳，蓝雪花清雅沉静，两种美花儿，如同一对好闺密。

那时我正研究微距摄影，买了一些只有蓝莓大小的微距小人模型，见到这对好闺蜜姐妹花，于是便有了一个想法。我小心翼翼地选了一个穿红裙的少女模型，放在蓝雪花花心轻轻坐着，又选了一个穿背带裤的少年模型，放在长春花的花瓣上。蓝花与红花之上，少年和少女遥遥相对，仿佛四目相对，含情脉脉，便如沉浸在爱河之中的花之精灵一般。

举着单反相机,屏住呼吸,轻轻把他们拍下来。看着照片,好像瞬间便进入了丹麦安徒生童话——《拇指姑娘》的童话。

蓝雪花不止有蓝色的,还有白色的。白色的蓝雪花,则觉肝胆皆冰雪,表里俱澄澈,如同梁羽生笔下居于冰湖之畔的冰川天女,或者金庸书里走出终南山的小龙女。一看到它,心都静了。

喜欢蓝雪花这样的植物,仿佛不食人间烟火,然而却拥有着强大的生命力和韧性。看到蓝雪花,总让我想起弗朗索瓦丝·萨冈的一句话:"这个世纪疯狂,没人性,腐败。你却一直清醒,温柔,一尘不染。"生命之痛与人生之苦何必要向别人诉说呢,自己静静承受独自化解就好。就像蓝雪花,即使目睹了再多黑暗疯狂,经历了再多沧桑苦难,表现出来的却依然是一派云淡风轻和天真温婉。社会再复杂,生活再波折,也依然记得要美好。

马樱丹其他的别名更是让人惊讶了。因为枝叶含有特别的刺激气味，所以马樱丹又叫作臭草、臭金凤等。

马樱丹：娇美而桀骜

自己写草木散文，也爱读别人写的草木散文。曾在书店购得一本法国女作家科莱特的植物随笔《花事》，这是她 75 岁时写下的文字。是很轻巧的一本小书，封面简净，瞧着就很喜欢。

这本书里，写的都是极美的花儿，玫瑰、百合、栀子、兰花、紫藤、郁金香、金盏花……封底介绍说，在她的笔下，那些花儿"熠熠生辉，仿若一个个灵性生命的花神"。

我也希望我的草木文字是这样子呢，每一株植物，都有它存在的自我价值，它并不是为人类而活，它是为了自己而活。有的植物，已经被人类驯化，是人类温柔的朋友和伙伴；有的植物，则始终是桀骜而有个性的，它并不屑于讨好人类，虽然人类已经因为它的美貌而将它纳入自己的世界。比如，马樱丹。

初夏的一个周末，去靖港旅行，在靖港拍了一组花儿。买了一双布制的绣花鞋，可以赤足穿着，轻软无声地踏在靖港的青石板上，拍照的时候不至于惊扰了花儿和花儿上的蜂蝶。

镜头下，有一种花儿特别漂亮。是一簇簇不同颜色的小花儿，有浅红、深红、橘黄、淡黄等，密匝匝地挤在一起，就像一个彩色的小绣球一般。有点像绣球花，但花型更小，更精致，像是彩虹的七彩，沉淀在了花上一般。

这种小花就是马樱丹。名字很好听，和合欢花的别名马缨花也有点像。

马樱丹的花期很长，一般花期大约是从 4 月到来年 2 月左右，几乎是全年开放的花儿了，因此作为花坛里美化环境的花儿再好不过。它还会自行变换颜色。一丛花序之中常会有好几种颜色的变化，缤纷多姿，所以又叫作五色梅、五彩花。

我喜欢五色梅这个名字，自己会变魔术的花儿呀。木芙蓉也会变色，但是是随着时间的推移颜色由浅红变深红，也就是晓妆如玉暮如霞，而五色梅则是花序之中众多花朵各种颜色的任意组合和同时变化，仿佛欧美童话中的小仙女，仙棒一挥，便能惊艳变身。

马樱丹其他的别名更是让人惊讶了。因为枝叶含有特别的刺激气味，所以马樱丹又叫作臭草、臭金凤等。马樱丹还有一个令人忍俊不禁的俗称，叫作"臭老婆子"，实在让人大跌眼镜，跟她出众的美貌与伶俐的气质太不相符了。在花鸟市场上，马樱丹也常常作为"防蚊草"而出售。

马樱丹跟臭牡丹的花形很像，气质也很像，却比它更美。但它并没有臭牡丹的巫气，也没有绣球的文秀，而是一派不管不顾的烂漫，乡野女儿的感觉。天真的小女孩，让人愿意驻足，想要来陪她玩一会儿。

不过，马缨丹虽然生得天真美丽，却和仙人掌一样，对外界具有防范和戒备之心。它的茎秆上都生有倒钩状短刺，花、叶、果都含有毒素，让觊觎她的小虫子无从下口，还会使得想摘下它的人被刺或者过敏，小动物若是误食了它几乎难以治愈。它的美丽，是带着锋芒的，这也让它避免了被骚扰。

看了意大利电影《西西里的美丽传说》后，我就越发懂得了像马樱丹、夹竹桃这类美丽而危险的植物。就像一个女人，美得勾魂夺魄，却毫无机心，又没有强有力的外在力量保护她，那么她的美简直就是有罪的。男人们觊觎她，女人们嫉妒她，人性之恶超乎想象，直至将美摧毁殆尽。如果要保护好自己，植物们只能是有刺，或者有毒，或者隐藏起自己的美丽，泯然众人。

在这样的情形下，夹竹桃科的植物纷纷选择了有毒；酸枣则选择了有刺，成为荆棘之中的"棘"；蓼花则选择了隐藏了它的美，微距镜头下，蓼花那么美，可是那么小，不认真看根本发现不了它的美。而个性十足的马樱丹，是不舍得隐藏自己的美的，凭什么呢，就是要骄傲地亮出来。于是，它选择了既有毒，又有刺，同时还散发刺激性气味，这样全面地保护自己。

实际上，马樱丹生得如此娇美，个性却如此桀骜不驯。因此被人看不惯，被称之为"恶草"，也是正常的。但被人看不惯又怎么样，马樱丹依然我行我素地美着。她生命力很强，在哪里生长不了？哪里开不了花？她开花儿，只为取悦自己，不为取悦人们。

蝴蝶倒是不嫌弃马樱丹的气味，还喜欢得很。有一年，省植物园办了一个蝴蝶山谷之类的活动，引入了大批蝴蝶。我抓拍了一张照片，正是一只翩然蝴蝶正欲栖息在一株橘黄色的马樱丹的花上。马樱丹色泽鲜艳，五色缤纷，看起来的确诱人。它和欣赏它的蝴蝶在一起，画面真美。

黄金香柳虽然名字里有一『柳』字，却并不是真正的柳树，跟柳树也没有半点亲缘关系。它是桃金娘科白千层属。大约是柔美的姿态和清丽的颜色像极了春天里的新柳，于是便以『柳』为名。

黄金香柳：初萌之爱

在学校药植园的射干与六月雪旁边，种着半米高的黄金香柳。颜色是漂亮极了，比金叶女贞的色泽还鲜明。

黄金香柳其实并不是小不点儿，如果环境适宜，黄金香柳树高可达六到八米。它一年四季都是这么飘逸的鹅黄色，像是女孩子佩戴着的清新领巾。它还有个名字，叫作千层金，也是极形象了。

黄金香柳虽然名字里有一"柳"字，却并不是真正的柳树，跟柳树也没有半点亲缘关系。它是桃金娘科白千层属。大约是柔美的姿态和清丽的颜色像极了春天里的新柳，于是便以"柳"为名。和柳树一样，黄金香柳也具有极顽强的生命力，可抗盐碱、抗水涝、抗寒热、抗台风等自然灾害。

黄金香柳也没有辜负名字里的那个"香"字，气味非常芬芳。低下头凑近枝叶，便可闻见清雅香气，那香气十分柔和清新，虽然不若花香那么馥郁，但是十分怡人，别有一种清远悠然的意味。这样的香气，像是初次萌发却没有结果的爱恋，让人无法忘却，简单却深沉，"我们痛恨时间无情，是因为曾有一刻，我们无比深情。"

如果小心地摘下一些黄金香柳的枝叶，在掌心轻轻揉搓，液汁渗出，香气便更加强烈了，如随身带着一个小小的花园。那香气经久不散，即使是用清水细细洗了手，低头嗅嗅掌心，依然可以闻到淡淡萦绕的芳香，像是青春岁月里不忍忘却的温柔记忆。

正是因为这样清新柔和的香气，黄金香柳的枝叶可用来提取香精，可以用来制作化妆品，也可用其作香薰。可以达到舒筋活络，具有良好的保健效果。

某个秋日，下午簌簌下了一场急雨，又很快雨过天晴，日光强烈。雨后有新生到药植园去参观药植，有药学院的老师随队指导。

走在药植园里，看到射干上雨滴未干，闪闪烁烁。黄金香柳被濯得越发鲜亮，而那香气，比平常更要浓郁许多，湿润清芬浮动，被夕阳烘烤得馨香。静静闻着那清香，胸腹之间觉得很舒服。

站在这样的香气里，不由得闭上眼睛，一时迷醉，仿佛回到了青春。

如今回想青春，不知为何，总感觉那时雨水特别丰沛。大学里，我经常独自在图书馆里看书，一杯水，一支笔，一个本子，便可以安心地过一天了。浸润在书海里的感觉如此之好，仿佛回到故乡小城的新泉小镇，在大柳树旁的河流中随意而游，说不出的惬意。

下雨的时候，我放下笔，托腮望向窗外，只见天地昏暗，含了微光的银色雨丝，从穹庐直坠下来，密密织在荷叶上，荷花池里涟漪圈圈漫开。紫藤长廊上一地幽暗的紫色小花，朵朵彩色的雨伞在雨中绽放。一切朦胧而又柔和，空气中都是湿漉漉的草木香气。青春的心也跟着明明暗暗。

此情此景，太适合一些浪漫的校园故事发生了。

于是，我便低了头，在本子上写起想象中的美丽邂逅来。

后来，我将笔下流泻出来的文投稿出去，居然发表了不少。曾经有编辑通过博客找到了我约稿。编辑说，我觉得你的文章文字很清新，故事也很温暖，会让我有一种很唯美的画面感。我说，我想在文字中塑造一个很诗化很清新的校园，就像梦想的那样。编辑说，文字会净化我们现在的心灵，让人生活得更加怡然和平和一点儿。这也是我心中所愿。

那时因写了故事获得稿费而满心欢喜的女孩，并不知道，自己也将要走入现实中一个美丽的故事，犹如荷花池边落落紫花的故事。现在回想起那个故事，总觉得有些恍惚，故事里的女孩，真的是我吗？仿佛是别人的故事一般，已经那样遥远且无法触摸，心底却明白，那些太过美好的情节，太过浪漫的场景，曾经真实地发生过。但青春总有太多遗憾，终究是错过了。

过了一些年，我所写的校园小说结集出版了，封面正是黄金香柳一般莹洁明亮的颜色。真是太巧了。如今我闻到黄金香柳的香气，禁不住就回到了温馨而惆怅的青春时光。

桂花主要有四种，金桂、银桂、丹桂、四季桂。秋天盛开的是金桂、银桂、丹桂，三种秋桂之中，尤以金桂最为馥郁，金桂也是在我的青春里最重要的桂花。

金桂：似是故人来

所有植物之中，最爱的，应该就是桂花了吧。栀子花是湘阴小城里年少时光浸润的芬芳，而桂花则是长沙城里的青春不能忘却的记忆。

桂花主要有四种，金桂、银桂、丹桂、四季桂。秋天盛开的是金桂、银桂、丹桂，三种秋桂之中，尤以金桂最为馥郁，金桂也是在我的青春里最重要的桂花。金桂颜色是金黄色，银桂则偏白，丹桂则偏红。宋代才女李清照词中说"自是花中第一流"，朱淑真诗中说"人与花心各自香"，指的都是金桂。四季桂一年四季大部分时间都开放，花朵疏落，香气也疏淡，那时我还不懂欣赏，是到了一定年龄之后才懂得四季桂这种淡淡却持久的芬芳之动人之处。

在母校南校区文学与新闻传播学院后面，有几棵大金桂树。有一棵金桂树尤其大，如一个小房子一般大小，碧绿色的伞状树冠几乎要垂在地上。

大学时喜欢钻到金桂树下读书，仰头看去，金桂树便如一个绿色的穹庐一般温柔地将人罩住，仿佛是一个与世隔绝的自在天地。星星点点的阳光洒在身上，似是星星点点的桂花。

深秋，桂花终于开了，馥郁熏人醉。整个校园都沉浸在甜蜜的香气中，人被香气熏染得轻飘飘的，一颗心也飘飘荡荡，步步都如踩在云端。这种感觉，真是如同初次的恋爱，一切皆是美好而不可言说。

树下的草地上散落着米粒大小的桂花。在金桂树下徘徊良久，俯身细细捡起桂花，衣上也沾染了香气。"桂子月中落，天香云外飘"，这时钻进桂花树下读书，便仿佛有身在月宫中的错觉，不像在人间。字里行间都是馥郁的香气，向鼻端扑来。

也可以不看书，什么也可以不想，什么也可以不做，只管闭了眼，一心一意沉浸在金桂的清香之中。时间像是被甘美的桂花糖黏住了，缓慢悠长。

有细碎的桂子轻轻落在面上，轻软无声，像是一个温柔的吻。

这一生，得此桂花一瞬，足矣，足矣！

有时也带上一个本子，一支笔，在金桂树下写诗。笔端也蘸满芬芳。那时写了一组关于植物、关于青春、关于初相遇的诗，仿佛是信笔而为。细细地收集起来，做成一本洁净温柔的小集子。现在翻看，隔着如此之久的岁月，昔日的青涩文字仿佛已成桂花私酿，是现在已经完全写不出的意味了。

过了一段时间，桂花也落尽了。地上尽是细碎的桂花。但风中仍然弥漫着桂子的甜香。下了一场雨之后，桂子的香气开始变得飘忽，清远而迷蒙，直到终于渐渐消失在空气里。

年轻时，能邂逅金桂树，是一件很幸福的事情。桂子在秋日里如同烟花一般惊艳绽放的甜香，从此弥漫青春。现在想来，那些独自在金桂树下度过的甜蜜时光，是如何的奢侈而令人怀念呀！

后来，无论到哪里去旅游，总惦记桂花。每次与金桂重逢，都仿佛初遇般惊喜。有一次去了桂林。其实桂林的名字很美，桂树成林之意。桂林最好的旅游季节是在秋天，满城都会笼罩在馥郁的金桂香味之中。不过我们去的时候，还不是深秋，桂花都还没开。

桂林也不如何明艳，便如淡雅的乡间少女一般，只是满眼皆绿，看着心里很舒服，如同喝了一口薄荷绿酒一般。在店里买了桂花酒与桂花香水。桂花酒是小小的一酒坛子，可以放在掌心那样的小巧。桂花香水也是金黄色的朴素小瓶子。既然来了桂林，桂林的气味，我想带回去。

后来在 2018 年深秋，我到苏州甪直去旅游。江南古镇，都有着相似的风味，粉墙黛瓦，小桥流水。古镇不耐夜生活，天黑了，人们会早早打烊回去吃饭。店主便将一块块绛色木板封上店门，而店门前的大红灯笼则会次第亮起。红色的灯笼，黛色的屋瓦，深蓝的天空，以及弯弯曲曲绵延至远方的小巷子，一切如此静谧，如此安宁，又如此和谐，如此温柔。

恰有一弯如眉新月轻轻在小巷里洒下琥珀般的微光，人便有了微微的醺然，又有淡淡的恍惚，仿佛穿行在一首唐诗，又或是一首宋词里。我忽然闻到了一缕甜蜜的气息，且越来越馥郁。如此妩媚而醺然，如此亲切而温柔，是金桂散发的气息。金桂把这个梦幻般的古镇之夜浸染得更为梦幻。

行在小巷子里，踩着青石板路，看着两旁的小店里卖的老黄酒、绣花鞋、蓝花布、油纸伞，还有卖晒干了的金桂花。洁净干燥的桂花，放在透明玻璃瓶里，揭开瓶盖轻轻一闻，只觉甜香扑鼻。自然还有糖桂花卖，买上一瓶，只尝上一口，舌尖上便萦绕着阵阵甜蜜。一路行来，袅袅有古意。

行到石桥上，静静地驻了足，抬头往前看去。一座座石桥，半圆的桥洞，与水上半圆的桥洞合成了一个完整的圆。而桥上亮着橘黄色的灯，因此，放眼望去，仿佛是亮着一个个晶莹通透的月亮。风轻轻吹来，水面荡起粼粼波纹，"月亮"也被吹皱了。

这江南古镇之夜的温柔，多像馥郁得让人沉醉的金桂。令我也不禁怀想起我同样温柔的中南校园来。

麦冬：书带草

麦冬是百合科沿阶草属植物，又名书带草。麦冬类植物，四季常青，生命力很强。

我所在的小区，楼下草地的边缘地带，就种了很多麦冬。麦冬长得跟蒜苗一样，长长细细的叶子。药植园有阔叶麦冬，它的叶片较为肥厚，和野生兰有点相像，因此也有人把阔叶麦冬误认为兰草。

麦冬春天里开花，开的是紫色穗状的细小花儿。称不上非常美丽，但很耐看，也有几分翩翩风姿。每一朵小花是圆圆的淡紫花瓣，金色花蕊，有点像紫竹梅的花儿，但是没有紫竹梅那么轻盈梦幻，麦冬花儿是山野小妞，美丽而接地气，不是不食人间烟火那种。

有一次，微博上有个素不相识的读者，是个大二的学生，在教师节那天，她发了几张她所在学校麦冬草开花的照片给我，说那花儿"小巧玲珑，晶莹玉透，很是精致，像是经过人工雕刻过的一个艺术品"，然后她说这些照片就是送给我教师节的礼物。好喜欢这别致的祝福，同是爱花人。

麦冬其实是很常见的园林绿化植物了，它一年四季都是沉稳的墨绿色。但它其实也是一种有名的药材。麦冬的块根入药，中药麦冬就是指的麦冬根，除了治病，还可以用来泡茶炖菜作为药膳食用，有生津解渴、润肺止咳之效。

有一次因为忙碌的缘故晚上没睡好,大概又着了凉,早上起来,便咽喉肿痛。上班路上遇见中医学院的一位老师,问明症状后,他说拿几颗麦冬泡水喝,再加一点儿薄荷,便可滋阴润肺,缓解症状。我依言喝了一杯后,果然觉得清爽不少。

在中医药大学药植园和省植物园的神农本草园都细细观察过麦冬。植物园神农本草园看到的麦冬,是和山菅种一块儿的,它们恰好都是开淡紫色小花儿,很娴静温雅的样子。中医药大学药植园里种植的麦冬则是和蝴蝶花在一块儿,四月里蝴蝶花开,墨青色的麦冬叶子衬托着雪白的蝴蝶花,真像是一对校园小情侣。

麦冬花谢之后,会生出和叶子颜色相近的小青果儿,圆溜溜的可爱。小青果儿渐渐长大,便转成梦幻的宝石蓝,比海蓝色还要深邃几分,闪烁着神秘的光彩,仿佛夏日傍晚深蓝色又糅合着玫红色的西方天空。虽然看上去很魅惑且诱人,但实际上这果子有毒,能入药,但不能吃。

可是,那小蓝果儿,真是美貌啊。摘下来几颗,放在手心里,滴溜溜地转着,觉得,要是连成项链,穿成手链,做成胸针,都会很优雅吧。有我这样想法的人可能不在少数,因为,麦冬的果子总是很快就不见了。也许,真的是有女子掐了去做手链了。

小蓝果彻底成熟后,会变成紫黑色,不过紫色的麦冬果子不及蓝色的好看。

麦冬还有个书卷气极浓郁的名字,叫作书带草。它若是拟人,当是饱读诗书的青衫书生了。他沉静寡言,手握书卷,气质温润,眼神深如大海。看到他就想起书香墨韵,想起"千载奇逢,无如好书良友;一生清福,只在碗茗炉烟"。

清代李渔《闲情偶寄》中载:"书带草其名极佳,苦不得见。"因了这个书带草的名字,文人对麦冬也颇为青睐,将其作为文房清玩。《花镜》中载:"书带草一名秀墩草。丛生一圈,叶如韭而更细长,性柔韧,色翠绿鲜润。植之庭砌,蓬蓬四垂,颇堪清玩。"

为什么叫书带草呢，据传，东汉大儒郑玄居住的山下，有一种草纤细修长，叶长一尺左右，非常坚韧，郑玄便用来捆书，于是就当时的人给它起名叫"康成书带"。这就是麦冬草了。相传郑玄所居之山一带因他的讲学，"文墨涵濡，草木为之秀异"。因为他的修养内涵极深，草木也得了他的灵气，生得比其他地方的草木更加繁茂葳蕤。

平日里我们只觉草木滋养人心，而在这个传说里，文人风骨高格，竟然也可以滋养草木。便如柳如是的"桃花得气美人中"一般令人怀想不已了。

人和草木，原来是可以相互滋养，相互温柔的。

枇杷：一树金摘尽枇杷

好友晓雅在旅游，微信发来一组植物照片给我辨认，我也没见过，表示不认识。然后她告诉我，每一次看到花花草草都会想到我。莫名感动，因为我正好在学校药植园，正好也在花草之中。诸事忙碌。但身边花事，仍然坚持随手记录。日子便被花香草气浸润得悠长而轻盈。

此时夏日的药植园还因着枇杷果的缘故已提前有了几分秋日的丰腴富丽，令人观之欣悦不已。

药植园里的几株枇杷树都生得小巧，只比人高一点儿。枇杷树上夏日里会结出累累金丸。站在枇杷树前，都忍不住闭了眼睛，细细去闻枇杷果的香气，如此醇厚甜美的气息，让人觉得整个世界都圆满无憾的气息。忍不住想起沈从文在《月下小景》中说过的一段话："薄暮的空气极其温柔，微风摇荡大气中，有稻草香味，有烂熟了山果香味，有甲虫类气味，有泥土气味。一切在成熟，在开始结束一个夏天阳光雨露所及长养生成的一切。"

是的，枇杷果给人一种成熟了的柔软欣喜。这种欣喜，如同酒一般的令人微醺，和其他果子成熟带来的欢乐有微妙的不同。很喜欢宋代戴复古《初夏游张园》中所写的"乳鸭池塘水浅深，熟梅天气半阴晴。东园载酒西园醉，摘尽枇杷一树金。"若是抱了一怀抱丰腴馥郁的枇杷果，走在秋天的风里，真是心也醉了。

岳麓山上和岳麓山下都有枇杷树。从湖南大学和湖南师大上山的地方，有几棵枇杷树。新民学会旧址也有，只是也是小树。非花季果季的时候，枇杷树一点儿也不起眼，叶子也是没有攻击性的柔和卵形，如同平凡温暖的普通人。但结果的时候，枇杷树整棵树的气质和气场都不一样了，成为一棵丰饶而美貌的树。就像有些女子，少女时代并不显眼，中年之后却气质如醇酒。

　　枇杷是中国特有的水果。枇杷的名字来源，说是因为枇杷果形似琵琶。但是看枇杷果的样子，核桃一般大小，圆圆的橙黄色果子，并不像琵琶。只是横切面略作椭圆，果核颇大，才是有点像琵琶。

　　枇杷别名芦橘、金丸、芦枝，枇杷树开花和结果的时间比较特别，简直是有点个性了。它的花期是秋冬季节，果期是夏季。也就是说，在每年的秋冬季节，在寒风里面，枇杷树会开满一树的小花。但和柚子花一样，枇杷树的花儿也相当低调，几乎可以说是敷衍了，淡栗色的花苞，绽出小朵清香的白色花儿，挤在伞状花序上，称不上有多美貌，只觉得懒洋洋的，几乎要叫它"懒花"了。因此人们往往注意不到。

　　到了春夏之季，别的植物都在开花儿，枇杷树却结满了橘黄色的果子，果子的颜值和气味都大大超过了花儿，三三五五地在枝头招摇。真是不走寻常路的任性植物啊，偏要跟这世界不一样，就是不一样。

　　枇杷果特别上照。每次买了枇杷果，都先找个小果篮装着，拍几张照片再说。如果在桌上铺上一张格子桌布，放上一篮枇杷果，并一枚插着数枝雏菊的细长花瓶，田园风味就袅袅而出了。

　　开花时默不作声，自在芬芳，结果时却丰盈馥郁，明亮耀眼，因此，枇杷树也很得古代文人的欢心。唐代女诗人薛涛在家门口栽有几棵枇杷树。当时诗人王建便写诗称赞薛涛："万里桥边女校书，枇杷树下闭门居，扫眉才子知多少，管领春风总不如。"枇杷树下住着才女，枇杷树自然也成为自带书卷气的植物。

　　枇杷叶宽大碧绿，也得古人青睐。唐朝诗人司空曙曾给朋友一些枇杷叶，并作诗云："倾筐呈绿叶，重叠色何鲜。讵是秋风里，犹如晓露前。"枇杷叶背面生满了细细的茸毛，看起来相当可爱，像是某只毛茸茸的小动物。不过如果需要药用的话，枇杷叶就需要火炙去毛。《新修本草》中载："用叶须火炙，布拭去毛。不尔，射入肺，令咳不已。"

成熟了的枇杷果是一种清雅的甜，一点儿都不腻人，有一种温柔惬意的感觉，像是某种书香女子的韵味。作家殳俏形容它是一种"特别斯文的甜"，是"超级有教养的水果"。

枇杷果、枇杷花和枇杷叶都具有清肺止咳、和胃降逆的功效，可治肺燥咳嗽等症。著名的川贝枇杷膏中就有从枇杷上提炼的成分。有一年秋日咳嗽咳得厉害，便买了一瓶川贝枇杷膏喝，清凉之意从口腔一直蔓延到咽喉，登时胸怀舒畅了好多。

枇杷花可沏茶饮用作为日常保健。枇杷花茶散发着微甘的清香气息，具有润喉止咳、清火解热等功能，还可加适量冰糖或蜂蜜，口感更加醇厚。

柚子清甜凉润，被认为是最具食疗效果的水果。「其色百味清香，风韵耐人。」柚子果肉有止咳平喘、清热化痰、健脾消食、解酒除烦的效果，吃柚子还可以减肥。

柚子：柚枕静好一梦

小区里，我家楼下就是两棵大柚子树。药植园里也有柚子树。柚子树没有我们楼下的那么高大，因此结柚子的时候就看得格外清楚。

倒是很少注意过柚子花，只是花开之时总能闻见清甜的香气。柚子花实在太低调了，跟橘子花一样。

有一年四月中旬，夜里飒飒下了凉雨，下楼经过柚子树时，忽然闻到类似柑橘的甘甜微酸的气味，循香而去，果然是柚子树开花了，地上都是被雨打落下来的花瓣。我伸手摸了摸花儿，花瓣肉质丰厚，又硬邦邦的，不像桃杏杜鹃那样有着丝缎般柔和的花瓣。花型也长得很奇特，花瓣不是像一般花儿一般成碗状或者盘状，而是向后倒卷着，露出金灿灿的一束花蕊。花朵的大小跟鸽子蛋差不多。雪白清香的花儿，都是很容易获得好感的，何况在雨中，柚子花花瓣上湿漉漉的，更增灵秀。

柚子花、橘子花和橙子花的花期差不多一致，但比它们都大上几号，一簇簇的雪白小花，打花骨朵的时候，是浅绿色的，硬邦邦的，很容易让人误以为是小柚子。快要开花的时候，则转为柔和的乳白色。这时，花香浅淡得接近于无。只有到了开花的时候，柚子花才忽然清香四溢，那香气是甜丝丝的，如甘泉一般，仿佛是可以掬一捧来喝的。每当一阵微风吹过，便是一阵甜香。

七月初，青碧浑圆的柚子果，隐藏在墨绿色的叶子里，已经有孩子们玩的小皮球那么大了。

柚子长得不能说很好看吧，笨笨的样子，仿佛一个呆萌可爱、璞金浑玉一般的小女孩。这个世界，精明灵泛的人太多了，忽然见到单纯笨拙的人，便会觉得十分欢喜。可是它又那么香，就仿佛这个呆萌的小女孩还深具内涵，或者身怀绝技，真叫人惊喜，无法不喜欢它。

到七月底看的时候，柚子渐渐泛黄了。十月的时候，柚子已经转成了诱人的金黄色，此时柚子给人的感觉，特别像一个丰腴而美丽的孕妇，袒露着她骄傲的腹部。十月底的时候，柚子更是金灿灿的可爱，这时便可以摘来吃了。不过野生的柚子，是比较难入口的，太过酸涩了。这小区里栽来观果的柚子树，也好不到哪里去。人工培育的蜜柚、香柚、沙田柚、文旦柚等，则是可以放心食用的美味了。

柚子比橘子的滋味更为醇美悠长，橘子是少年心性，而柚子则有了中年的成熟和丰盈，即使是有酸意也是比较柔和的。剥开厚厚的柚子皮，取出柚实，便可静享甜美。而那柚子皮雪白轻软如棉絮，可以用来做枕头。家里就曾经做过一个小小的柚枕，晚上枕着，柚子清香袭来，静好一梦。

柚子清甜凉润，被认为是最具食疗效果的水果。"其色百味清香，风韵耐人。"柚子果肉有止咳平喘、清热化痰、健脾消食、解酒除烦的效果，吃柚子还可以减肥。柚皮又名广橘红，广橘红有理气化痰、健脾消食、散寒燥湿的作用。平常我们喝的蜂蜜柚子茶，就是用细碎的柚子皮调和蜂蜜做成的。

席慕蓉诗中曾道"世界是一个等待我成熟的果园"，吃柚子的时候觉得，成熟，真是个很美的词啊。秋天，也真是醉美的季节呢。

柚花的香气更胜柚子，在古代常用来蒸香。周去非《岭外代答》中说柚花"气极清芳，番人采以蒸香，风味超胜"。用它来蒸香可芳泽面容，滋润长发。《本草纲目》中载，柚子花可"蒸麻油作香泽面脂，长发润燥"。宋人还用柚花制成香气馥郁的柚花熟水，杨万里《晨炊光口砦》中有云："新摘柚花薰熟水，旋捞莴苣浥生齑"。《事林广记》中的"香花熟水"之法："取夏月有香、无毒之花，摘半开者，冷熟水浸一宿，密封。次日早，去花，以汤浸香水用之。"也可以把柚子花用来直接泡水喝，或者熏茶制成柚子花茶，甜香满颊，又微酸袅袅。

柚花还可与沉香制作的"柚花沉"，香气便如少女的叹息般美丽而微带惆怅。杨万里又有诗《和仲良分送柚花沉三首》，便是写柚花蒸沉的："薰然真腊水沉片，烝以洞庭春雪花。"杨万里笔下的这种"柚花沉"，便是以真腊产沉香与洞庭柚花蒸制而成的，这让童年时常在洞庭湖畔舅舅家度暑假的我倍感亲切了。

紫荆花是一种在春风中开得极热闹的花儿。三月初,紫荆花开,春意正浓,几乎随处可见。

紫荆：紫荆花门前一树

紫荆花是一种在春风中开得极热闹的花儿。三月初，紫荆花开，春意正浓，几乎随处可见。省植物园、洋湖湿地公园、中南大学、居住小区里，都有见到。

中医药大学药植园里也有栽种紫荆花，是因为紫荆花树皮、花梗、种子均可入药，具有清热凉血、祛风解毒、活血通经、消肿止痛等功效。

紫荆花是豆科植物，圆圆的小花儿也是细小如豆。很细小的紫红色小花朵，直接簇生在枝干上，挤得密匝匝的，远远一看，像是落满了紫红色的轻雪一般，怪不得它还有个名字叫作"满条红"。走近了一瞧，紫荆花每朵小花长得可不含糊，细巧而精致，蝶形花冠，金黄花蕊，也像是一只只戴着金冠的小蝴蝶。

我们小区的灯是那种老上海式的黑色路灯，紫荆花开时，斜斜掠过几枝紫色花枝在路灯上下，把灯衬得有了几分诗意了。拍在相机里也分外美丽。白粉墙之前，紫荆花的颜色就尤其艳丽了。

紫荆花的花期大约有一个月。四月初，紫荆花就谢了很多了。枝上有的花儿只有花蕊留存，有的花儿虽然还在枝头，但是已经憔悴不堪，再也不是初绽放时那一抹明艳的浓紫了。到了六月份，紫荆花枝上就会垂下一绺绺的小豆荚，像是小姑娘梳了一头的细小辫子。

紫荆也会二次开花。九月的一个早上，从小区出来，在黯淡中忽然瞥见一点亮丽的紫红色。仔细一看，居然是一朵本应在春天里开放的紫荆花，孤零零地悬挂在枝头，仿佛才睡醒一般，好奇地打量着这个世界。此时的紫荆树上，荚果已经转成紫黑色，叶子飘落大半，只着这么一点亮色，显得不合时宜却又弥足珍贵。

还没开花的时候，紫荆花是简净而安静的。心形的绿叶，也是很好看的，最好做树叶书签了，每年春天，我都会选几片新绿色的心形绿叶夹入某本诗集或者散文集中。谁知道它一开起花来竟是这样不管不顾地热烈热闹呢？那颜色真是太浓艳了，只要一看到，立马燃烧进眼帘，如一团紫火一般，让人不由得兴奋起来。

不由得想起民国时期的翻译家朱生豪来。他平日里是羞涩的一个人，看到他的老照片，也只觉是腼腆文静的先生。谁知道他写给爱人宋清如的情书竟是那样滚烫迷人呢？"接到你的信，真快活，风和日暖，令人愿意永远活下去。世上一切算什么，只要有你。我是，我是宋清如至上主义者。""要是这世上只有我们两个人多么好，我一定要把你欺负得哭不出来。"又温存，又淘气。

唐代韦应物曾写过一首《见紫荆花》："杂英纷已积，含芳独暮春；还如故园树，忽忆故园人。"紫荆花也是一种少年气的花儿，像是没有忧愁的青春，因而也容易让人联想并怀想逝去的温暖岁月。

大约因为如此吧，所以人们也觉得，紫荆花应该是通人性的。南朝吴钧的《续齐谐记》中记有这么一个故事：南朝时，京兆尹田真与兄弟三人分家，只剩院子里一株紫荆花树尚未分配。当晚，三人商量将这株紫荆花树截为三段，每人分一段。第二天清早，他们前去砍树时发现，这株紫荆花树枝叶已全部枯萎，花落满地。田真不禁感叹道，"人不如木也"。两个兄弟也深有感触。后来，兄弟三人又把合为一家，和睦相处。那株紫荆花树也随之又恢复了生机。草木有情，何况人乎？

元代张雨曾有《湖州竹枝词》："临湖门外是侬家，郎若闲时来吃茶。黄土筑墙茅盖屋，门前一树紫荆花。"那情窦初开的少女笑吟吟地邀请心仪的男子上门喝茶，并指明了自家的位置和特征，是土墙茅屋，门前盈盈开着一树明艳而热烈的紫荆花。喝茶其实是含有定亲、聘亲的意味。像《红楼梦》里凤姐就曾经取笑黛玉，喝了我们家的茶，怎么还不做我们家的媳妇。竹枝词里的少女，如此清新活泼，娇俏大胆，那男子当是怦然心动了。

紫荆花也可做茶。明代王象晋在《群芳谱》中载："紫荆花未开时，采之，滚汤中焯过，盐渍少时，点茶颇佳。"紫荆花沏成花茶，是和紫竹梅一样梦幻的淡紫茶汤。

还有一种洋紫荆花，为豆科羊蹄甲属乔木，又名红花紫荆或红花羊蹄甲，和紫荆花花型花色都大不一样。

樱桃先开花后长叶，花谢后，便长出青青的小樱桃果。初夏果实便成熟了。因为樱桃成熟期早，有早春第一果的美誉。国内作为果树栽培的樱桃有中国樱桃、甜樱桃、酸樱桃和毛樱桃。

樱桃：少女脸颊霞光漫上

有一日清早，我在学校新月湖畔漫步的时候，见到有年轻的女学生一边早读，一边从树上轻轻捋下已泛黄的樱桃果，只小心擦了一擦，便送入口中，微微眯起了眼，似乎是有点酸吧，但依然一脸满足的样子。橘子汁般的朝阳洒在她青春的脸上，淡淡地散发光芒，美极了，如同一朵早春的樱桃花。

在药植园里，樱桃树上则是上下飞舞着几只小鸟儿。鸟儿一边啄食着小樱桃，一边唱着歌，快乐得像过年。就这样，樱桃树上刚刚结出的小樱桃，很快就被吃掉了。都不用等到樱桃嫣红，等到初黄都很难。樱桃的魅力实在是太大了。

樱桃树和樱花树并不是同一种植物，它们同科不同属。樱桃树是蔷薇科李属落叶小乔木，而樱花树是蔷薇科樱属乔木。樱花树比樱桃树高大得多，而樱桃树的花期是要早过樱花树的。樱桃树的果实是樱桃，而樱花树的果实是樱花果，樱桃甜美怡人而樱花果酸涩不能入口。

樱桃树花期很早，和白玉兰差不多时间同时开花。药植园里，就有好几棵樱桃树。查询资料，说樱桃和樱花亲缘很近，因此花儿是长得差不多的，只是樱桃花为白色，花开时枝头如同新雪堆辉，不似樱花花瓣蕴有轻柔的淡粉色。樱花有一种宛若精灵般剔透的轻盈感，而樱桃花却有一种和婉温柔的意味。

在春天的橘子洲头，看到过纯白的樱桃花，如同举着一树闪烁星辰。彼时早梅也在开放，樱花尚在沉睡，可见樱桃花开花是在樱花之前的。除了纯白，樱花也有花瓣微晕的品种，花朵边缘是极淡极淡的粉色，如同霞光漫上少女脸颊。药植园里的樱桃花便是微晕的。也曾在黄昏的药植园里遇见容光焕发的樱桃花，登时惊艳不已，站在花畔，久久不肯离去。以前只觉樱桃花不如樱花美，原来是我没有遇见它最好的时候。

唐代诗人韦庄以《樱桃树》作过一首诗："记得初生雪满枝，和蜂和蝶带花移。而今花落游蜂去，空作主人惆怅诗。"是对樱桃树上逝去春光的留恋。唐代元稹也作过一首《樱桃花》："樱桃花，一枝两枝千万朵。花砖曾立摘花人，窣破罗裙红似火。"写的则是对一位摘樱桃花的少女的思念了。诗里的红裙白花，视觉上真是耀眼。不说思念，思念却细细融入了诗中的樱桃花中。

智利诗人聂鲁达曾写过一首关于樱桃树的诗，是叫人脸红心跳的美："我甚至相信你就是整个宇宙。我会从山中为你带来幸福的花冠、蓝色的吊钟花，黑色的榛子，以及许多篮朴素的吻。我想对你做，春天在樱桃树上做的事。"诗歌出自他20岁所写的诗集《二十首情诗和一支绝望的歌》。慕名去找了全诗来看，更加脸红心跳。马尔克斯曾说，聂鲁达有一双"点石成金"的手，但凡他触摸过的事物，都会变成诗歌。而他说："是青春时期将我折磨得死去活来的情欲，以及大海，帮助我写下了这部诗集。"樱桃在他笔下，是爱与欲的象征，写得直白酣畅，和东方诗歌里的含蓄婉转、温柔敦厚大不一样。

樱桃先开花后长叶，花谢后，便长出青青的小樱桃果。初夏果实便成熟了。因为樱桃成熟期早，有早春第一果的美誉。国内作为果树栽培的樱桃有中国樱桃、甜樱桃、酸樱桃和毛樱桃。

樱桃花结果很早，因此有"初夏第一果"之称。春天还未结束，便会看到樱桃树上挂满了青青果子。这时候，学校里的学生和鸟儿都会齐齐盯上樱桃果。

樱桃果早先的名字，是叫作含桃，因为"莺所含食，故言含桃"，可见樱桃之小巧剔透，以及受小鸟儿的欢迎了。而它的别名，也都是宛然清丽的美：

莺桃、荆桃、楔桃、英桃、牛桃、樱珠。尤其樱珠，特别有一种清圆流丽之美，而又很形象，那圆圆的小樱桃儿，不就像一棵樱红色的珠子吗？

　　樱桃也是一种看起来比吃起来更美的水果。樱桃有种贵妇般的美艳，比之草莓的清新少女气，要成熟许多。这样的水果，玉润珠圆，玲珑剔透，真是美得叫人沉醉。

　　每次买了樱桃，把深红色的小樱桃盛在雪白的细瓷盘里，仔细端详半天，才小口吃下去。轻轻一咬，便觉清醇细腻，如一滴滴微酸袅袅的甘露缓缓溢开，心里便莫名地觉得安宁和满足起来。唐代杜牧曾写诗称赞刚刚摘下来的新鲜樱桃"新果真琼液"，我也觉得是呢，新鲜樱桃在唇齿间弥漫开来的清凉甜美，真是跟琼浆玉液一般。

　　但如今，市面上卖的中国原产的樱桃是很少了，多的是舶来的车厘子，也就是智利大樱桃，颜色比中国樱桃的要深，近乎紫色。

　　樱桃树的果、根、枝、叶都可入药，可补中益气，祛风胜湿。

百合：清纯又性感

百合花为什么叫百合，看花是看不出来的，看它的鳞茎就一目了然了。一瓣瓣的"鳞片"紧紧抱合在一起，就因此而得名了。

大概因为在中医药大学工作的缘故，耳濡目染，讲究日常养生，近年来越发喜欢煮粥或者炖汤。早上煮粥的时候，喜欢在粥里放几片百合。百合粥其实是一味药膳，吃的是不是百合的花儿而是它的鳞茎。《本草纲目》中载百合或因专治百合病而得名。百合病用现在的说法，其实就是指焦虑、抑郁等不良情志。百合性苦寒，可以敛气养心、宁心定魄，有很好的安神之功。平常吃了，也有养阴润肺之功。

百合花是一种极温柔、安静而甜美的花。英国诗人威廉·布莱克曾写过一首《百合花》："腼腆的玫瑰花刺儿多得很，温驯的羊儿常拿角来吓人；百合花却一味在爱情里陶醉，没有刺也没有角损坏她的美。"这种不设防的天真之美，不管不顾，令人着迷。

百合花还有一个名字叫作"山丹"，这个名字，相比百合的清纯端庄，有一种来自山野的灵气。不过没有见过山野中的野百合，百合我只见过花店里的香水百合。"山丹丹花开红艳艳"，指的正是山野之中的红百合。

大学里，我曾收到过两次百合花，都只关乎珍贵的友情。第一次是大一的时候，我18岁生日当晚，隔壁电商班的三个男孩子一起送了一大捧鲜花给我，那花里有玫瑰、百合以及康乃馨。我在橘黄色路灯下轻轻接过那束鲜花时，只觉青春美好到不可描述。还有一次是班上的女生节，男生们给每个女生都用心准备了小礼物，不过要去自由抽取。我抽中的就是一个装满百合花的香囊，一缕馥郁清香袭来，也让我幸福了好久。从此就极爱百合。

后来，我自己也常买花。从单位回家的路上，有一个鲜花小姐花店，店主是一个笑起来很甜美的清秀女孩。时常去她那里买花。她店里常卖的，就是一束一束的百合花，品种为香水百合。百合花的花茎是长而直的，一枝花茎上几朵长长鼓鼓的洁白花苞，点缀着几枚碧青的叶子。

有一天我在花店驻足，买了两支含苞待放的百合。百合细长丰腴的花苞，令我想起玉簪花里放香粉的古法。其实，古人怎么就没想到在百合花苞里也放香粉呢？百合花的香味也是那样端庄清雅。

之前在地摊上淘到一个冰蓝色的高脚水杯，用来插花最好不过。于是便把两枝百合插在注满水的花杯里。再把水杯放在阳台上。

第二天早上，去看百合花。花苞上已经洒满了阳光，裂了一点儿小口，像在微微笑儿。百合花的香气馥郁醒脑，因此，晚上就不要多闻了，闻了容易睡不着，早上倒是可以多闻闻，能振奋精神。

到了第三天，百合花便全开了，六瓣花瓣全都舒展开来，光洁明亮的粉色花瓣，满室甜馥的清香，像是搬来了整个花店。我赞叹着俯下身去，被她的芬芳和美貌，迷得神魂颠倒。

百合的花语是"纯洁"，但全盛期的百合花也散发出强烈的蛊惑的魅力，竟有媚眼如丝、又纯又欲的感觉。清纯女子无意中透露出的一丝性感，便如冷面铁汉不经意间显露的一缕柔情一般，很是动人，也更觉撩人。

如果把盛开的百合放进卧室里，是睡不着觉的，百合的香气太强烈了。不是它不好，它实在是太美好的植物，但它不适合如此亲近，而要保持适当的距离，让你和它都感觉舒服的距离。

人与人之间，得根据彼此的特性来寻找一种让彼此都舒服的相处方式，人与植物也是。像百合、栀子、蜡梅这一类的花儿，只适合放在客厅或者书房，不宜进卧室，只能发乎情、止乎礼。而桂花、芍药、玫瑰则是可以进卧室，甚至可以做成花枕，让香气安神助眠的。它们的温软香美是可以放心地零距离接触的。

这一百合盛开之场景，似曾相识。忽然想起郭沫若《山茶花》来。他从山里采来茨实、秋楂及几枝蓓蕾着的山茶，插在一个铁壶里，挂在壁间。第二天早晨醒来，只觉满室花气，原来山茶在铁壶里开了四朵雪白的鲜花。他感叹："清秋活在我的壶里了。"是的，如今，是百合活在我的杯子里，像是一整个花店活在我的杯子里了。

百合花在水杯里能开满两三天。这三天里，百合花尽情地在风中招摇着，明亮得有如少女的笑靥。三天过后，百合花便全部凋零了。花瓣萎落在阳台的地上。

它尽情地美丽过，因此，它疲惫而安心地睡去了。

满天星：甘愿做配角

没有见过野生的满天星鲜花，只见过野生的紫色满天星，即萼距花。每次见到满天星，都是在花店里，它经常被用于花束的装饰，默默地陪衬着。我家先生经常买花，买得多的就是玫瑰和满天星。

满天星是个特别美好的名字，似有漫天星光。满天星的英文名意思是"婴儿的呼吸"，也是个轻柔的名字。

周作人的《萤火》里有写道："其光色白，安静，柔软，觉得仿佛是从满月落下来的一点火花。"不正是满天星给人的感觉吗？而它却是一种习惯做配角的花儿，不争不抢，安安静静，如同清秀佳人。

满天星若是拟人，应该是一个穿着百褶裙的姑娘，眼神明净，神情沉静，淡淡的，却让人一眼难忘。她不明艳照人，也不摇曳生姿，却是静静地美好着。看着就心情愉悦。苏格兰的诗人麦凯格曾写过一首《画廊里的美少女》："陌生人，我喜欢你如此静静地站立在你携带着的光的强度里。"美人，也是安静时更有楚楚风致。植物美人也是如此。

满天星经常用来烘托一些明艳热烈的花儿。如郁金香、玫瑰、芍药等，就连雏菊、康乃馨这样温静的花儿，也靠它来点缀。这些习惯做主角的花儿，加上几枝满天星陪衬，整束花儿瞬间气质就变得不一样了。

也有钟爱满天星的姑娘，单把满天星拿出来插花，也还清丽可爱。也有姑娘喜欢在鬓发上点缀上几颗满天星。素净清简，却优雅大方。

"众星捧月"，满天星的存在似乎就是为了捧出明月一般的主角花的，但它同时又能保住自己的特色，不让别人轻视或忽略。

满天星的花语也很美，代表思念、清纯、梦境、真心喜欢，"最纯洁的爱恋，最真挚的喜悦"。另外还有个花语是："甘愿做配角的爱，只愿在你身边"。真是偶像剧一样清纯无邪的花语，和它的气质很契合。

看过法国作家都德的《星星》，说的是牧羊人和农庄主的女儿，也就是东家小姐丝苔法耐特，静默无言的淡淡之爱。牧羊人偷偷爱着丝苔法耐特，但知道身份地位的悬殊而默默无语。结果一次偶然的暴雨涨水，让丝苔法耐特只能留在山上和他一起度过漫长的夜晚。他把屋子让给她睡，自己坐在草地上，身畔是安静吃草的羊群。结果丝苔法耐特睡不着，便出来坐在他身旁，和他一起看星星，他便给她讲述各种星群和星座。渐渐地，丝苔法耐特困倦了，她的头轻轻地靠在了他的肩上，睡着了。

他一直看着她睡觉，虽然内心深处有几分悸动，但是这光明而圣洁的夜晚保护着他，使他只能产生些美好的愿望。"在我们周围，星星们仍继续着它们那静默的行程，好像是一大群驯良的羊群，我却不时在想：在众星之中，有这么一颗最美丽、最明亮的星，因为迷了路而来到了我身边，倚在我的身上睡着了……"最初的心动是想碰触又缩回手。一度认为那就是爱情最美的样子，满天星光守护着这一对少年男女。

日本青春电影《情书》《四月物语》看得人怦然心动，仿佛也跟着经历了一番青春的美好。电影所记录的，那些纯净轻盈的暗恋情怀，如玫瑰、若微雪。国产片《大鱼海棠》也同样动人，导演说灵感来自12年前的一个梦境。我不知道导演年轻时是否有暗恋的女孩，是否是为了当年的一缕情愫来拍这部电影。湫对椿说："我真后悔，那天晚上没有紧紧地抱着你。"或许他所爱的女孩并不明白，羞怯男孩默默的一个拥抱，就胜过千言万语。

年轻时，会觉得世界上总有这么一个人，是心底的一缕微光，就算永远不属于自己，遇见了也好。只要想到那个人，心里就觉得安定而踏实，并浮起浅浅的温馨与微微的感动。

人在这世上，一定得爱着什么，没有心头那一点温热的爱，如何抵御这人生之寒？暗恋的欢喜便是一种为美好事物而停留的心情。就像看一朵花，不为摘取，只为欣赏。人心深处最柔软的地方，永远只为晶莹而留。

后来，我自己也成为写故事的人。大学和研究生时期我经常给校园杂志写稿赚点儿稿费，那时喜欢写校园小说，校园小说里写得多的就是暗恋，尽管我自己，其实当时并没有多少暗恋的经历，只是觉得暗恋是非常接近古典爱情的诗意存在，微带着温柔，也略有哀愁，有无限可能，也有无限幻灭。便如满天星给主角花做配角一般，爱得隐忍又含蓄。

暗恋者是对光芒静静恋慕与追逐之人。对于暗恋着的少年或者少女来说，暗恋着的那个对象便是皎皎月光的存在，而自己仿佛就是微不足道的星光。但实际上，宇宙中的星辰之光芒有太多太多大过月亮，因此暗恋者虽然是甘愿做配角的爱，但只要迅速成长，足够优秀，一华丽转身，会成为另一个故事的主角。青春就是见证奇迹诞生的时刻。造梦的小说会令人相信，有一天满天星会真的洒下漫天星光，惊艳众人的眼。

丝兰：士为知己者死

有一年秋天，去南华大学做一场关于校园新闻的讲座，在教学楼门口见到这么一株挂满白色"铃铛"的植物，觉得非常稀奇。我之前看过丝兰的一些图片，觉得应该是丝兰。

凑近了仔细辨认，果然是丝兰。朵朵花儿密密地挤在一起，如同一个个洁白的小铃铛，花瓣之白有那么一种清灵的感觉，宛若静影沉璧的湖水。花朵儿朝下，挂在植株上，散发着阵阵清香。大小和真的铃铛也差不多大。药植园里浙贝母的花儿也像铃铛，但是却没有丝兰好看了。

而花下的叶子则是浓绿修长，顶端尖尖，按了按，还挺硬，一柄叶子，便像一把绿色长剑。整个植株，便仿佛是一位佩剑的美貌侠女，身姿婀娜，刚柔并济，性格倔强，英姿勃勃。

后来，回了学校不久，在办公楼后面靠南大门的一块大石头旁，居然也发现了一株生满小铃铛的丝兰。真是人生何处不相逢，之前怎么从来没有注意到呢？可见万事都是要靠缘分的，不仅人和人之间是这样，人和植物之前也是这样。

丝兰是灌木，通常长得不高。南华大学的这棵，只有半米高，我开头还把它当成了草本植物。学校的这棵稍微高一点儿，也高不了多少。不过，这样小巧玲珑的植物，它的花语却是丰盛，因为它一根茎干就能挂上几十朵洁白芬芳的小"铃铛"呢。

初次见面,便觉得丝兰是一种很有异域风情的植物,仿佛蒙面的异域女郎,散发着陌生而神秘的气息。一查,果然它不是原生植物,原产北美东部及东南部。

丝兰是百合科丝兰属植物,有一种和它长得很像的植物,叫作凤尾兰,为龙舌兰科丝兰属,也是挂满一身小铃铛一般的花儿,叶子根根如同长剑。只是丝兰的花儿通体洁白,而凤尾兰的花儿边缘呈现淡淡的紫红色。凤尾兰喜欢温暖湿润的地方,因此,长江流域以北黄河流域以南种得多的就是凤尾兰。丝兰则是适应性强,全国大部分地方都有栽种。

丝兰的花期很长,花香也持久。它的叶子纤维洁白强韧,又耐水湿,可作缆绳。它的叶片还能吸收有害气体,从而净化空气。不过,令人非常好奇且感动的,是丝兰与丝兰蛾的关系。

丝兰铃铛般的花儿拒绝了绝大多数的蜂蝶,只有一种昆虫可以进入它的花心,那就是丝兰蛾。夜幕即将降临之时,丝兰铃铛般的花儿会盛开,散发出异常馥郁的香气,这是它在召唤丝兰蛾。丝兰蛾循香而至,顺着丝兰洁白光滑的花瓣爬进丝兰的花蕊之中,用细长且能弯曲的吻管啜饮花蜜,并为它传播花粉。而同时,完成交尾的丝兰蛾也会用放卵器刺穿丝兰的子房壁,把自己的卵产在子房之中,让后代在丝兰的馥郁与甜美中诞生。当丝兰种子成熟之时,丝兰蛾的幼虫便咬穿果壁,在土中结成蛹茧。等到丝兰再度开花时,丝兰蛾便破茧而出,重复又一轮生命的历程。丝兰与丝兰蛾就这样相互温暖,相互扶持,相互依恋,形成了共生关系,成为无法分离、相依为命的伴侣。

蜜蜂是什么花儿都采的,丝兰蛾只痴心于丝兰。而很多花儿只要能传粉,什么昆虫都欢迎,但丝兰也只认准了丝兰蛾。如果没有丝兰蛾,丝兰便宁愿孤独终老,也不接受其他的蜂蝶或者蛾子。人们便只能用它的根与茎来为它进行无性繁殖。一种花儿只认准一种昆虫,便如一生一世一双人一般。

不过,这样互为知己的昆虫和植物,在生物界也不止丝兰和丝兰蛾,虽然是极少数。常见的还有榕树和榕小蜂等。再如,非洲南部的菠萝百合,就是靠岩鼠传播花粉；菲律宾热带雨林中的绿玉藤，则是靠蝙蝠来传播花粉。

有人感叹，这个世界没有谁是离不开谁的。的确，人类生而孤独，每个人仿佛就是一座孤独的岛，但是人世间还是有着特别珍贵的，永远不灭的情谊，令人觉得，这个世界也没有那么冰冷。正如徐志摩所说："我将于茫茫人海之中访我唯一灵魂之伴侣，得之我幸，不得我命。"在这茫茫人海中，也许唯有一人懂得你的心思，唯有一人的心与你的心没有距离，如此契合。这世上最难得的是"懂得"二字，士为知己者死，便如这丝兰与丝兰蛾。

萼距花：紫花满天星

特别忙碌的时候，会常常怀念大学时代。想想还是学生时代最快乐，心无挂碍，一身轻盈。翻出老照片看，那时笑得也是格外开心，无忧无虑的样子。现在这样的笑容只有放假和旅行的时候才有了。

对于我这种始终怀有深厚的校园情怀的人来说，在大学里工作，没有比跟年轻学子打交道，看着他们如同植物一般丰沛而又自由地成长，更让人开心的事情了。传道解惑之外，我很愿意跟他们做朋友，感受他们的青春气息，同时怀念我的青春。

那天和学生小静一起在学校散步，看见树下一片星星点点的紫色，觉得很是喜欢。走近了，小静说："老师，这是满天星啊。"

满天星？满天星不是白色的吗？仔细一看，原来是萼距花，的确是满天星呢，它又叫作紫色满天星，紫花满天星。

于是俯下身细看，这株开花小灌木，开着的是紫红色的小花儿，倒也开得风致嫣然，数数，有六枚花瓣。颜色很讨喜，很像晚饭花的颜色，但却比晚饭花小太多了。而晚饭花本来也是一种玲珑的花儿呢。

萼距花的花是真的小，就如米粒那么大吧，却生得很精致，六片花瓣，还有非常细小的花蕊，再衬上小小的绿叶，像是小人国的花儿。看久了，觉得眼睛不够用了，想拿着放大镜仔细琢磨个究竟，是不是这小小的花儿中，另藏有一个别致天地。

萼距花也有清香。但是它太小了，香味实在清淡。我俯下身静静地闻了半天，没有闻出来。

萼距花盛花时布满花坛，状似繁星，因此得名紫色满天星。和满天星一样，萼距花也可以用来插花。它自春至秋不间断开放，而那小小的绿叶，也一直护持着花儿。

萼距花也可以盆栽，很好养活。开花之时，养在小花盆里的萼距花绽放出密密匝匝的深紫色花朵，跟微型绣球花一样的，也美得像晨光里吹过湖面的轻风。

夜晚有时加班。有一次，我从学校办公楼里出来，会看到浸在橘黄色的路灯光晕里的紫色满天星星星点点地闪烁着。那时，忽然想起了伊迪特·索德格朗的《星星》："当夜色降临，我站在台阶上倾听；星星蜂拥在花园里，而我站在黑暗中。听，一颗星星落地作响！你别赤脚在这草地上散步，我的花园到处是星星的碎片。"

很美的小诗。而眼前的紫色满天星，不也像一颗紫色的星星从天而坠后散入草地花坛的星星碎片吗？我童心忽起，想赤着脚在花坛里小心翼翼地走一走，脚踝就能轻柔地碰触到这星星的碎片了，身边都会是跳跃的星光。

萼距花花期很长，也是可以一直陪伴到深秋的花儿。九月的一天，早上出来，又被桂花甜香给黏住了，在桂花树下徘徊良久，馥郁香气中只觉通体舒畅。走到假山飞瀑那里，发现蓝花草和紫竹梅都没有开，只有石旁的萼距花还自在地摇曳着。小花儿更多一份坚韧了。

只是萼距花似乎怕冷，十月里长沙突然变天，风雨交加，第二天又是湿冷阴天，路过时特意看了看，萼距花没有开。但天气转晴，花儿又开了，十二月初的一个温煦晴天，仍然看到萼距花星星点点地闪烁着。

清代袁枚有诗云："白日不到处，青春恰自来。苔花如米小，也学牡丹开。"萼距花虽小，但风度气质一点儿都不亚于名种丽花。如果萼距花有牡丹花那么大的话，不知道会是怎样惊艳呢。

小小的萼距花，开得那么认真，必定是有着精致的大梦想的。而她实在细小轻盈，让人不由得心中生怜。看到萼距花，总想起李健写给妻子孟小蓓那首温柔而又缱绻的歌儿《小鸟睡在我身旁》："小鸟睡在我身旁，就像花儿吐芬芳。但愿这温柔的夜晚，赐予她甜蜜的梦乡。看着她小小的翅膀，还要为自己挡风霜。谁也不能伤害她，我要保护她飞翔。"

美丽月见草花期很长，四到十月份都开放着粉红色的碗状小花，小花儿像是一个个正值青春的小姑娘仰着的粉颊。

月见草：月亮看见了

看网上国外一位艺术家画的石头，一时惊艳不已。他在石头上勾勒出了一个唯美的小世界。

有一枚画的是有一双伶俐眼眸的小鹿，正好奇地追逐着一只淡黄色小鸟，似要与小鸟对话。身边是一株开满了鲜花的小树，月光正雨点般洒在它身上……仿佛一下子就把人带入了森林恬静温柔之夜，让人静静地流连在那样的意境之中。

还有一枚石头，画的是一只有着橘黄色皮毛的狐狸，正柔软地蜷成一团，卧在花丛中，仿佛是在静闻花香，微微眯起了眼睛。石头的背景也是暖色调，看起来非常温暖。狐狸似乎在微笑。

还有的，画的就是森林里的小径，绿意盈盈，树下开满野花；另有画海洋深处的，一只海豚悠闲地游过深蓝海域，身下，五彩斑斓的彩虹鱼随之游弋……

仿佛在看一个又一个的童话，只有月亮能看见的童话。

洋湖湿地公园有美丽月见草，就仿佛一朵朵月亮能看见的童话。美丽月见草是柳叶菜科月见草属植物，又叫作待霄草、粉晚樱草、粉花月见草。这名字就让人觉得诗意盎然："觉后不知明月上，满身花影倩人扶。"

美丽月见草花期很长，四到十月份都开放着粉红色的碗状小花，小花儿像是一个个正值青春的小姑娘仰着的粉颊。一大片一大片的美丽月见草，便如云蒸霞蔚一般，看得人心里也明亮亮的。

不过，美丽月见草并不是美丽的月见草的意思，和月见草并不是同一种植物。月见草与美丽月见草同科同属，花型也一模一样，只是月见草的花在傍晚盛开，天亮凋谢，它开花似乎是特别给月亮欣赏的，颜色也是月光一般的柠檬黄色，故名月见草。但美丽月见草白天也会开放。

月见草这个名字真是很有诗意，便如王维的《辛夷坞》一般，"木末芙蓉花，山中发红萼。涧户寂无人，纷纷开且落。"在这么一个清幽安静的环境下开花，如同一个幽居在空谷的佳人，拥有着绝世的姿态，绝世的寂寞。但月见草和《辛夷坞》中的辛夷不一样的是，辛夷无人欣赏，月见草则有欣赏它的知己，那就是月亮。

如果没有月亮，花开再好又有什么意义呢？它的花只是给月亮欣赏的，月亮是它唯一的知己。它并不在乎旁人的惊艳惊羡，它的美，只为那一缕倾洒下来的月光。

月见草的花语则是默默的爱。如果少女将月见草赠送给男子，就表示她对他深藏于心中的默默之爱。

古希腊神话中，有一个极其唯美的传说，月亮女神悄悄爱上凡间英俊的牧羊人，并偷偷亲吻了熟睡中的牧羊人的脸，牧羊人醒来之后，也爱上了月亮女神。月亮女神恳求宙斯赐予牧羊人永恒的青春与生命，宙斯却说无法赐予凡人永恒的青春与生命，除非他永远沉睡。

为了能和女神在一起，牧羊人选择了永远沉睡在他牧羊的拉塔莫斯山坡上。每次到了夜间，月亮女神便会从天空飘坠到他身边，轻轻地亲吻他的脸，如同初见时那般。后来，英国诗人济慈还根据这个神话写了一首著名的叙事长诗《恩底弥翁》。恩底弥翁正是月亮女神所爱着的牧羊人的名字。

月见草，让人不禁想起安徒生童话《月亮看见了》。《月亮看见了》是他的童话中极优美动人的一个篇章，如同一篇淡淡叙来的散文一般。安徒生在这篇童话里，化身为一个穷苦的爱画画的男孩子，他以月亮为知己，淡然而宁静地叙述着自己对世人的悲悯，对人生的思考，对世界的关照。

月亮看见了，月亮看见了这人世间所有的悲欢离合，却仍然冷静地在碧海青天中投洒着如水的清辉。月亮是悲悯的，是冷静的，也是温柔的。它包容了一切的不公与愤懑，也包容了一切的美好与欢乐。不过是寻常场景，安徒生用诗人之眼看来，仍是充满着瑰奇与优美。并从这些场景之中，提炼出人生的感悟。

他笔下的这个小伙伴般的月亮，是另一个自己，一个悬挂在幽蓝深空中，傲视寰宇，俯瞰世界，让众人仰视并喜爱的对象，而在他内心深处，自己便是那个穷苦的男孩子，一直孤独，无人知晓，依然默默地画着自己的画。虽然永失所爱，终身未婚，但安徒生仍以宗教般的温柔悲悯观照着世界，也慰藉着自己。

记得还看过几米的一本绘本，《月亮忘记了》，有一个晚上，停电了，月亮悄悄地降落到了地面，一个小男孩和月亮成了好朋友，他们坐在顶楼，一起俯视着这苍茫清冷的钢筋水泥。

月亮在这里，是孤独的现代人的心灵慰藉。谁都渴望着能有一个如月亮这样的知己来到身边，即使不说话，静静地陪伴着也好。

美丽月见草并无其他用途，只能作为靠美貌来取悦人们的观赏植物。而月见草虽然只为月亮开放，但它的芳香还是被人们发现，被用来提炼芳香油，而且它也可以入药，能治疗多种疾病。

美丽月见草，是世俗的圆融，而月见草，是清醒的孤独。

南天竹，又名南天竺，小檗科南天竹属植物。中医药大学药植园和教学楼下都种有南天竹，多是半米到一米高。春夏之时，南天竹的枝叶是绿意盈盈的，如同清清秀秀的女孩子。

南天竹：案头清供

早春二月，去省植物园，拍了几张自己都喜欢的照片。有一张是亭旁朱砂梅，石畔南天竹，以及碧色八角金盘叶上一枚醉香含笑的雪白花瓣。都想提着画笔把这张照片里的内容再画一遍了。

画面里，最吸引人目光的，是潇洒疏落的南天竹。南天竹举着嫣红的小红果，其磊落风神，竟然没有被疏影横斜的朱砂梅和丰腴碧绿的八角金盘给压过。

和结了小红果之后气质迥然不同的枸骨不同，南天竹一年四季，都是同一种潇洒出尘之感。它的枝叶疏落，如竹子一般清秀飘逸、错落有致，整棵植株便如同武侠小说里英姿飒爽的佩剑侠女一般。而它的名字也有古典的武侠风——南天竹，也像一个侠女的名字，真是好听。

南天竹，又名南天竺，小檗科南天竹属植物。中医药大学药植园和教学楼下都种有南天竹，多是半米到一米高。春夏之时，南天竹的枝叶是绿意盈盈的，如同清清秀秀的女孩子。早晨的时候，也的确有清清秀秀的女孩子在南天竹旁读书，气质和南天竹很接近，仿佛是南天竹的精灵所幻化的。

暮春时节，南天竹就开始含苞了，它缓缓地孕育着，含苞了好几周，我一直都在期待它开放。等到立夏过后，终于看到南天竹开出一簇簇小小的白花了，花儿和小蜡的花儿差不多，只有苹果籽一般大小。开的花儿花瓣也不是平平展展的，而是向后卷着，露出金黄的花蕊。花苞上仍是微带一抹水红色。它是头状花序，花儿虽然多，却并不密集，朵朵舒展开来，颇有潇洒舒朗之致。

初冬时节，我便在中医药大学教学楼火棘附近，见到南天竹的羽叶斜斜伸出，衬着几方石头，已经转成了半红半绿之色，格外鲜艳好看，不比红枫和鸡爪槭差。走得近了，又看到红叶下一串绚丽的红色果子，圆溜溜的晶莹剔透，穗状果序如同用红玉雕成一般。真是适宜赏叶观果的植物，可以放在案头做清供了。也适合做盆景呢。

再走几步，我又看到另一棵更高大的南天竹，它的小红果结得更多。我细细看了一下叶子，它叶子是从根部泛红的，呈现出一种美妙的渐变色。轻轻摸了摸叶片，表面光滑，有蜡的质感。

冬天里的南天竹则焕发了更加靓丽的色彩，连疏落的枝叶也都完全转成鲜红之色，飒爽侠女着红妆，又多了一份妩媚，令人眼前一亮。南天竹秋冬结小红果，它的小红果和火棘果很相似，但是比火棘果要大。二者还是有细微的不同。火棘果如小绿豆一般大小，果身如小南瓜一般微微扁下去，而南天竹子比火棘果要大些，如黄豆一般大小，果子是浑圆如珠。因此，南天竹子比火棘果要漂亮，结得也更多。南天竹子和火棘果一样，也是可以长期留存在枝头，一直到第二年二三月。但是南天竹风姿之美真是大大胜过了火棘。南天竹名字中有一个"竹"字，枝干虽然不如竹子光滑，但也真是挺拔如竹。

火棘树如同锅盖头的小姑娘一般，绿叶下满是密密匝匝的小红果。而南天竹的叶子也是如枫叶一般嫣红，再挂着一串疏落有致的小红果，于假山怪石间旁逸斜出，深得中国水墨画中的美学意味。教学楼下，火棘和南天竹，一憨厚一潇洒，相映成趣。

中南大学校园内也种着不少南天竹。民主楼水杉林附近就有。冬日的橙色阳光下，见到一串小红果儿，如同一串串鲜红的小樱桃，仿佛回到童年一般,瞬时就开心了。到了早春二月,去中南大学新校区的时候,还能看到玉带湖旁忽然旁逸斜出的南天竹小红果儿。

虽然同是美貌的小红果,但是南天竹的小红果可不是如火棘果一样的美味。南天竹的果子味道苦涩,而且有小毒。但是也是一味中药,可止咳平喘。根、叶也可入药。《纲目拾遗》中说小红果还可以解砒毒,用的可谓是以毒攻毒的法子:"南天竹子四两,擂水服之。如无鲜者,即用于子一、二两煎汤服亦可。"

枸骨叶子有五个角，长得很奇特，这也就罢了，居然每个方角都是尖锐的，带刺的，稍稍挨近了点儿，就会被刺到。也是因为这个原因，枸骨又名猫儿刺、老虎刺等。

枸骨：生人勿近

随着年龄的增长，在越来越忙碌的工作和生活中，我们已经很难再有过多的时间和精力，去了解他人，也被他人了解。渐渐地，也就习惯于独处。

也有习惯于独处的植物，比如，枸骨。但枸骨孤独的姿态与凛冽的气质，却会在结了一身小红果之后发生完全的改变，也是很奇妙的。

第一次看到枸骨，是在岳麓山下的新民学会旧址。后来到了中医药大学工作，发现图书馆前、国际教育学院前以及药植园里也有，足见学校对它的青睐。

枸骨叶子有五个角，长得很奇特，这也就罢了，居然每个方角都是尖锐的，带刺的，稍稍挨近了点儿，就会被刺到。也是因为这个原因，枸骨又名猫儿刺、老虎刺等。这些别名倒是很形象："叶有五刺，如猫之形，故名。"它是常绿灌木或小乔木，通常不会很高，在岳麓山下的也就一米来高的样子，中医药大学图书馆前的两株枸骨还高一点儿，两米左右吧。

喜欢那种柔中带刚、外圆内方的植物，而像枸骨这种植物，它把攻击性写在脸上，明白直书"生人勿近"四字，仿佛很没有安全感，拒绝任何人的亲近。而它也是的确让人敬而远之的。凛冽的姿态，冷冷的神情，冰山美人既视感，偏偏它的颜值又还称不上植物中的美人，即使春天里也只是开出黄绿色小花，花分四瓣，细细小小，香气也清淡，如此自视甚高，未免让人好气又好笑。

但后来渐渐见的多了，才发现枸骨是四季常青的。尤其是在秋冬的时候，枸骨居然还是碧绿发亮的,还是一脸倔强不愿跟这个世界妥协的样子。后来又发现,原来更可爱的是它美貌的小红果儿,比花漂亮多了。和南天竹、火棘一样,枸骨入秋后会结出满枝的小红果,明艳可人。而且它的小红果也是可以保留在树上很久,可以长久观果的。难怪它这么骄傲呢。

只有在结出小红果的时候,枸骨一向凛冽的姿态才会柔软放松起来,有了一种母性的温柔光彩,看上去也少了几分拒人于千里之外的清寒。仿佛是孤独惯了、不喜言语的文艺女子,在生了孩子之后,少了几分不食人间烟火的高冷,与十指不沾阳春水的矫情,反而散发着松弛而温暖的世俗味道,愿意与邻里街坊共话家常,脸上也多了温柔慈爱的笑容,观之可亲可近。

枸骨结出的小红果红得发紫,水滑光亮,比同时期结小红果的南天竹子和火棘果要大上几圈,也美上几分。这三种小红果都能挂果几个月。枸骨挂果期比南天竹子和火棘果还长,一直可以到来年四月。

有一年大雪之时,我在校园里慢慢徜徉,发现大雪映着小红果,真的分外漂亮。圆圆的南天竹子越发红艳诱人,扁扁的火棘果则被冻得裂了开来,而枸骨果则是如同紫玉珠一般闪闪生光。

南天竹的果子也是玲珑剔透,它自身显然也很为果子骄傲,因此,南天竹子总是很显眼地点缀在红叶之上,让人见到,总忍不住摘了去做插瓶。而枸骨的果子,深深地隐藏在尖锐的叶片后面,不细看根本看不到。这嫣然可爱的小红果,也是可食用的。据说小鸟儿爱吃这小红果,但又怕被刺到,常常会拣树下已经掉落的果子吃。

枸骨的叶子是四季常青的,《本草纲目》里将它与女贞相提并论,说它"树如女贞","结实如女贞",赞它的叶子"青翠而浓硬,四时不凋",说它的果子"皮薄味甘,核有四瓣。"

枸骨叶可以入药。它味苦性平,可补肝肾,养气血,祛风湿,用枸骨叶泡茶具有滋阴补肾的作用。枸骨果虽然好看,但滋味酸涩,也可入药,常用于阴虚身热、淋浊、崩带、筋骨疼痛等症。

翅果菊：柔暖阳光

秋冬季节，学校药植园里开放的花儿，大多是菊科植物了。马兰花清素，黄金菊灿烂，百日菊明艳，翅果菊淡雅。中午阳光温淡的时候，我会独自在药植园里静静漫步。草木芬芳，静默无言，却可化解喧嚣人世间的一切郁结与烦恼。

翅果菊的名字很好听，又有想飞的翅膀，又有果子。想起幼时看《西游记》时，初看到花果山这个山名就喜欢得不得了。这山上有花儿看，还有果子吃。

一年之中的大部分时间，办公楼前面的月季都闪烁着，而月季里，也有着橙黄色的翅果菊摇曳着。翅果菊的那种颜色，像是秋冬时节的柔暖阳光，洒在桌面如同一小片一小片的柠檬，看着便心里舒服。翅果菊的花果期是四到十一月，和月季一样，全年有大半年都能看到它。

每天上班的时候，见到翅果菊，便觉安宁欢喜。月季是灿然明亮的，翅果菊则是淡淡的，与世无争、默默无闻的样子，仿佛万事不萦于心，可是它生得真美啊。

有一天中午去药植园看花儿，又细细看了翅果菊半天。回到办公室的时候，正好有位学生来找我，她一看我就嘻嘻笑道："老师又到药植园里去了？"我不觉笑道："你怎么知道的呀？"她指着我身上大衣沾上的草叶说：

"一看就知道了。"

翅果菊共有二十多枚舌状花，舌状花边缘有细细小齿。花瓣的颜色比黄金菊要清淡，是犹如奶茶一般的浅橙黄色，温和而不带攻击性，像是穿着淡色长裙的文艺少女。与雏菊相比，雏菊是一脸天真的样子，是十六七岁的中学女生，青春无敌，而翅果菊则是已经上了大学的姑娘，气质有一点忧郁，又带一点阳光，糅杂着多种个性的复杂魅力。和翅果菊气质很相近的还有一种松果菊，舌状花紫红色，管状花橙黄色，花期是在初夏，只是松果菊走的是可爱风。

翅果菊在童年的小花园里也是有的。小的时候，我有任何不开心或者难过的情绪，都会走到楼下的小花园，坐在芭蕉叶下，闻着含笑花的香气，捡起一枚广玉兰宽大的叶子，摘一朵翅果菊或者一年蓬。飒飒轻风吹过，香樟树簌簌轻响。于是，什么忧愁都没有了。

从小到大，我都是不习惯向人倾诉烦忧，幸好有这大自然的天然慰藉，让我心无挂碍地健康长大。而大学时代的岳麓山，工作时的药植园，又让我身处草木之中，每天都可以接触草木之灵。在这药植园里听鸟鸣如雨丝风片滴溜溜地坠下，是非常幸福的一件事。

想起齐邦媛的《巨流河》里曾写过一段翅果菊一般淡淡的恋情，这恋情，又仿佛不是恋情，亦如秋冬时节的柔暖阳光，又融进了天籁般的鸟鸣。大学时有一日中午，师兄俞君带她到林中听鸟鸣，那是人与自然有声的默契，如同一个魔法："走不多远，到一林中空地，四周大树环绕，鸟声不多，一片寂静。他开始轻声吹口哨，原有的鸟声全停，他继续吹口哨，突然四周树上众鸟齐鸣，如同问答，各有曲调。似乎有一座悬挂在空中的舞台，各种我不知道名字的乐器，在试音、定调，总不能合奏，却嘹亮如千百只云雀、夜莺，在四月的蔚蓝天空，各自竞说生命的不朽。随生命而来的友情、爱情，受苦和救赎……如上帝启发我，在这四月正午的林中空地，遇到了我愿意喊万岁的天籁。"俞君是懂得女孩对自然的亲近之心的，于是带领着她忽然邂逅这一魔法般的美妙声境，从此这份惊艳不曾在她心中淡去。

齐邦媛说，与俞君这么多的同游时日，别人不会相信，她自己也多年未得其解，那就是两人从未谈情说爱。她当时心中一直存放着已战死的张大飞，以为自己跟俞君也只是友谊而已，而且众人再过一学期就将分离，从此山南水北，因此她在他隐晦的暗示中委婉拒绝了他。他和她谈音乐，谈《圣经》，谈一些电影和小说，不谈爱情，上下堤岸时他牵她护她，风大的时候，他把她的手拉起，放在他大衣口袋里握着，但是他从不说一个爱字。明知没有结果，只是贪恋那一点点相处时的温暖。

这样翅果菊般温柔而又静默的情谊，不过是星沉海底当窗见，雨过河源隔座看而已，只可意会不可言传。多年之后，她也是记得的，是暖在心头的一点温热，幻成了笔底的一片烟霞，可见她对他并不是没有情意，只是当时已惘然而已，终究是此情可待成追忆了。

葡萄不仅味美，而且深具养生功效，汉代《神农本草经》中载，葡萄主『筋骨湿痹，益气，倍力强志，令人肥健，耐饥，忍风寒。久食，轻身不老延年。』

葡萄：酿成美酒

水果里面，甚爱葡萄。岳麓山下就有葡萄园，可以自己到农户家摘葡萄自行购买。自己摘下的葡萄，吃起来感觉真好。要是自己栽种的葡萄，肯定吃起来感觉更好。

带着奶白色糖霜的紫葡萄最为甜美。每一颗都是甜津津的。把葡萄皮细细剥开，露出晶莹的浅绿色果肉，水汪汪的很是诱人。吃葡萄很少小口咽下，而是整个儿放进嘴里。轻轻咬下去的瞬间，葡萄果汁刹那间迸裂的甜蜜令人几乎眩晕。

说女孩子眼睛漂亮，常常有人说"黑葡萄一样的眼眸"，或者说"那眼睛，简直就是葡萄"。因为葡萄不仅圆，而且亮晶晶的有灵气。据说怀孕时多吃葡萄，生下的孩子就会有一双黑葡萄似的眼睛。我有一个同事真的是这样做了，后来她生下一个小女孩，眼睛真的特别漂亮，水汪汪的，大而有灵气。

灵气这个东西，怎么说呢，真是太难得了。不仅对植物，对人也是一样。比如说，看书的时候，会发现有的作者的文字极有灵气，淡淡一笔，就让你忍不住心旌摇曳，有的作者文字也不是说不好，就是没有感觉，看过之后也了无痕迹。真诚而有灵气的作者实在太难得。天才型作者，往往在云朵般蓬松的文字中氤氲着毛茸茸、湿漉漉的气息。这种灵气其实是很稀缺的，是勤奋型作者力所不能及的。

葡萄的灵气，就为苹果、橘子类的众多果子所不及。如果要找出和它同样有灵气的果子的话，大概就是草莓、蓝莓、樱桃了。

也爱吃绿色的马奶子葡萄，马奶子产自新疆，和圆圆的紫葡萄完全不一样，马奶子是细长的圆柱状，几乎无核，吃起来极清爽甜美，和紫葡萄酒一般的微醺感又不一样。《本草纲目》中就有记载："葡萄，《汉书》作蒲桃，可以造酒，人饮之，则然而醉，故有是名。其圆者名草龙珠，长者名马乳葡萄，白者名水晶葡萄，黑者名紫葡萄。"圆葡萄酒叫作草龙珠，这个名字很有意思。长的葡萄叫作马乳葡萄，就是马奶子了。白葡萄叫作水晶葡萄，从来没见过。黑葡萄也就是紫葡萄了。葡萄是极古老的植物，第三纪地层中就曾发现有葡萄的植物化石。它原产亚洲西部，大约在汉代传入我国。《汉书》中载："张骞使西域还，始得此种。"

葡萄不仅味美，而且深具养生功效，汉代《神农本草经》中载，葡萄主"筋骨湿痹，益气，倍力强志，令人肥健，耐饥，忍风寒。久食，轻身不老延年。"

葡萄当然是可以用来酿葡萄酒的，本来吃起来就有微醺的醉感。葡萄酒可"暖腰肾，驻颜色，耐寒"。《本草纲目》中还说"藤汁亦佳"，看来藤汁也是甜美的了，但是现在似乎也没有人去酿葡萄藤酒。但葡萄藤和根也能入药，可止呕、安胎。

《饮膳正要》中云："酒有数等，出哈喇火者最烈，西番者次之，平阳、太原者又次之。或云：葡萄久贮，亦自成酒，芳甘酷烈，此真葡萄酒也。"葡萄放久了，会发酵自成甘洌的葡萄酒，而葡萄酒是越陈越香的。《笑傲江湖》中丹青生邀请令狐冲共饮葡萄美酒，本是十桶三蒸三酿的一百二十年之酒，用大宛良马驮至杭州来，依法再加一蒸一酿，十桶美酒，酿成一桶。因此这酒历关山万里而不酸，酒味陈中有新，新中有陈。虽然是小说家言，但也令人对那芳醇之极的葡萄酒怀想不已。

如今葡萄酒也是有许多品种，也有许多美好的名字。如仙粉黛、黑珍珠、赤霞珠、歌海娜等。

葡萄酒是有着季节风物之感的美物。把这秋日里紫红色的葡萄洗净，去掉籽和皮，加入冰糖，放进玻璃罐，并细心地密密封好。过得一段时日，等到葡萄发酵良好，便小心启封。开封后，就是那么一缕儿醇厚的甜香悠悠荡荡地在空气中漫开，细细地沁到心底来。把葡萄酒过滤后，轻轻倒入透明的玻璃高脚杯，便是迷人的玫瑰红色了。

这种自酿的葡萄酒，口感比较清甜醇厚，感觉比外面买的还要好喝。一流的葡萄酒口感会比较酸涩，我还是更偏好清甜的这种。

葡萄皮还是一种天然染料，含有丰富的花青素，可以用来做草木染，将丝织物染成淡淡的紫色。葡萄皮中还含有一种名为白藜芦醇的抗氧化物，因此用葡萄染色，还不易掉色。

还有一种桃金娘科的植物，叫作树葡萄，又叫作嘉宝果，原产南美洲，开花结果都是直接在树干上，而且每年可以多次结果，果子长得和葡萄极像，滋味也像，甘甜可口，也是可以酿酒的，又称"热带葡萄"。

大自然真是奇妙极了。

玫瑰不仅美貌，而且香味浓郁，令人神清气爽。玫瑰深爱着这个世界，将自己的甜香馥郁全部奉献出来。

玫瑰：美人总是传奇

省植物园世界名花广场那里有个玫瑰园，夏日里的玫瑰树会开出碗口大小的玫瑰，蓝天下如云母一般闪着光泽，明亮的阳光在花瓣上跳跃着，闪耀着炫目而尖锐的美。细看一朵花儿，只觉每一片花瓣都丰润鲜艳，含满了水分，层层叠叠地舒展开来，更多一种野性的气质，和花店卖的很多酒杯般含蓄的玫瑰并不一样。

看到满园的玫瑰花儿，随之而来的，是这种花儿所带来的美好感觉与想象。玫瑰小镇，满目阳光和鲜花的感觉。

蔷薇科三姐妹，玫瑰、月季、蔷薇，拥有着相似的外形，花瓣均香美可食，然而茎上有尖锐的刺儿。曾猜想《神雕侠侣》中绝情谷里公孙绿萼片片放入口中作为早餐食用的情花，会不会就是某种蔷薇科的植物，或许就是变种后的玫瑰。玫瑰象征爱情，玫瑰又有着甘美的花瓣和尖锐的刺儿。

在长沙这边，如果要看大片玫瑰的话，大概就只能到省植物园来了，如果看蔷薇，则是烈士公园的网红蔷薇墙，以及湖南师大的蔷薇路了，湖南中医药大学的药植园里也有七姐妹蔷薇。月季则是校园里到处都有的。

看亦舒的小说《玫瑰》，写的是一个海伦般极有女性魅力的美貌女子黄玫瑰，玫瑰至情至性，随心而活，率性而行，却颠倒众生。玫瑰真正像一朵含苞的玫瑰，鲜艳欲滴，令人不敢逼视："蔷薇色的皮肤，圆眼睛，左边脸颊上一颗蓝痣，长腿，结实的胸脯，并且非常的活泼开朗。"她天分高，并不如何费力也能轻轻松松取得好的成绩。她极爱美，她自己也说，她所懂得的不过是穿衣打扮。她的美不为取悦男子，只为取悦自己。在行文中，亦舒着力刻画美人玫瑰的服饰衣着："她那身打扮，看了简直会眼睛痛——深紫与墨绿大花裙子，玫瑰红上身，一件鹅黄小外套。""化妆得容光焕发，金紫色的眼盖，玫瑰红的唇，头发编成时下最流行的小辫子，辫脚坠着一颗颗金色的珠子。配一条蔷薇色缎裤，白色麻纱灯笼袖衬衫，手腕上一大串玻璃镯子，叮叮作响。"

玫瑰的女儿小玫瑰，后来在美国长大了，带着男友回到香港地区。小玫瑰长得像玫瑰，也是个美人，但是却远不如玫瑰美丽。玫瑰中年的美，已经是不在皮相，不在骨相，而在于神韵。

玫瑰像每个人关于理想爱人的一个梦，遇到后奋力去追求，却求而不得。最后这些玫瑰的追求者们还是接受现实，接纳了平凡女子并开始了平淡生活。于是，只有她活成了一朵亭亭的玫瑰。后来玫瑰老了，却风华依旧。"我们都爱她，就当她是件极美的艺术品，心中并无亵渎之意。"在亦舒笔下，玫瑰永远不老，"只是一直成熟下去，美丽、优雅、沉默，脸容犹如一块宝石，转动时闪烁着异彩。"

玫瑰作为植物，拥有着美丽的花朵，以及生着尖刺的茎。小说中的美人玫瑰在那些爱她却不得的男子的心中，也是朵光华流转的玫瑰，美丽但是有刺，每次想到她，定是涌起如初遇般的惊艳与温柔，也涌起远离时的痛苦与无奈。

这部书里，亦舒有颇多警句："一个人，若一辈子没有恋爱过，会说遗憾，不知蜜之滋味。轰轰烈烈爱过，到头来却又春梦一场，落魄半辈子。"美人总是传奇，像玫瑰那样光华流转的绝代美人更是一个传奇了。

古代，玫瑰是一种美玉的名字，玫、瑰本义都有宝石美玉的意思。《说文解字》中载："玫，石之美者，瑰，珠圆好者。"后来，这个绝美的名字，就给了这种美玉宝石一般绝美的花儿。玫瑰作为植物花名出现，最早见于西汉的《西京杂记》中载"乐游苑自生玫瑰树，树下有苜蓿。"

玫瑰不仅美貌，而且香味浓郁，令人神清气爽。玫瑰深爱着这个世界，将自己的甜香馥郁全部奉献出来。鲜花之中，玫瑰大概是被食用得最多的一种了，而且滋味分外甜美。在宋代，民间就有用糖腌渍玫瑰花瓣而制成的"玫瑰花酱"，还有用玫瑰花浸酒、泡茶，制成糕点，煮成花粥。《红楼梦》中宝玉就曾吃过玫瑰卤子和玫瑰清露。"玫瑰花和糖冲服，甘美可口，色泽悦目"，玫瑰还具有药用价值，很有补益效果，《食物本草》中谓其"主利肺脾、益肝胆，食之芳香甘美，令人神爽"。学校曾经举办药膳大比拼的活动，共有二十多组学生队伍参加了比赛，参赛的药膳，包括银耳枸杞南瓜盅、山药薏仁茯苓粳米粥、干果山药泥、玫瑰冰糖小米粥等，都是适合春季食补的，且色香味俱全。其中的玫瑰冰糖小米粥更是甜香扑鼻，旖旎如画。

将干玫瑰冲泡成玫瑰花茶，还具有疏肝解郁、美容调经的效果。如果有痛经症状的女子，平日里常喝玫瑰花茶可以缓解疼痛，这是玫瑰对女性的温柔和悲悯了。玫瑰既可以作为养生药膳，又可以制成面膜和口红。这在花儿里面是少见的，放在植物美人之中，可谓是才貌双全、内外兼修的绝代佳人了。

虽然喜欢花儿，但我吃花儿吃得并不多，不过，用玫瑰和桂花做的糕点和酒我是爱吃的。其实古代文人喜吃的花馔极是风雅，吹花嚼蕊，不食烟火气，我素来是心向往之的。曾给学生们上古诗词中的养生花馔课，往往学生听醉了，自己也说醉了。

迷迭香：颠倒众生的魅力

好友平平是很喜欢种香草的。她在阳台上种了薄荷，百里香，也种了迷迭香。

有一句话说的是："你和什么样的人交朋友，你就是什么样的人。"平平和我，也是如此，我们都是心怀草木之人，我的阳台上也种满了花草。只是我种的多是清美柔韧的花儿，如长春花、茉莉花、蓝雪花，等等。平平种的这些香草，则是看起来似乎平平无奇其实却别具魅力的花儿，比如，这一小盆碧绿的迷迭香。

迷迭香是唇形科植物，枝叶柔软细密，宛若微带肉感的松针。低下头轻轻一闻，会闻见馥郁的清凉香气，用手轻轻搓一下枝叶，香气更浓，只觉精神为之一振。它和薄荷、香樟一样，都是从头到脚都散发香气的植物，根、茎、叶和花无一不香。这香气具有提神醒脑的功效。

迷迭香深秋才开花。它的花儿和薄荷花儿有点相像，不过豆子大小，颜色淡蓝，形状像只翩飞的小燕，轻盈地伏在枝头，像是睡着了一般。

迷迭香和郁金香一样，是带有异域风情的植物。它的确也来自西域。《本草纲目》中载："魏文帝时，自西域移植庭中，同曹植等各有赋。大意其草修干柔茎，细枝弱根。繁花结实，严霜弗凋。收采幽杀，摘去枝叶。入袋佩之，芳香甚烈。"魏晋时期，士人多喜佩香，而迷迭香就是他们的宠儿。"佩之香浸入肌体，闻者迷恋不能去，故曰迷迭香"，迷迭香香气如此酷烈馥郁，凡是闻到香气的人无不神魂颠倒，不能离去。

魏文帝曹丕就独爱迷迭香，为此他还在自己弥漫迷迭香香气的庭院中遍邀文士进行雅集，"嘉其扬条吐香，馥有令芳"。他和弟弟曹植都有写过《迷迭香赋》，不吝赞美之词，可见对这小草花儿的青睐了。曹丕赞迷迭香"承灵露以润根兮，嘉日月而敷荣。随回风以摇动兮，吐芬气之穆清。"赞它得日月雨露之灵，摇曳清芬之香。曹植则赞迷迭香"去枝叶而特御兮，入绡縠之雾裳。附玉体以行止兮，顺微风而舒光。"还附带说了一下它的用法，就是采摘其叶装入丝囊，佩在身上随行，风一吹来，香气如同蔷薇花瓣一般漫天飞舞。

迷迭香很像是外表看起来平凡普通，却具有极魅惑的姿态的女子。女子的魅力，并不一定在外表的美貌，还在于其神韵和姿态，也就是柔媚之态，正如植物的魅力，并不一定在于其花容的绰约，也在于其香气的摄人心神。清代李渔曾在《闲情偶寄》中说："尤物维何？媚态是已。世人不知，以为美色……媚态之在人身，犹火之有焰，灯之有光，珠贝金银之有宝色，是无形之物，非有形之物也。"即使是再普通的女子，一旦有了媚态，便如生了熠熠光芒，目光流转处，是叫人意乱神迷的。

后来听周杰伦的歌《迷迭香》："你随风飘扬的笑，有迷迭香的味道，语带薄荷味的撒娇，对我发出恋爱的讯号，你优雅得像一只猫，动作轻盈地围绕，爱的甜味蔓延发酵，暧昧来得刚好。"一首歌听罢，仿佛空气中都散发着迷迭香的香气，久久不散。方文山写这支歌，的确就是以"迷迭香的香味形容女性的魅力"。

古龙笔下《绝代双骄》里的苏樱，可以说是迷迭香一样的女子。"她也许不如铁心兰的明艳，也许不如慕容九的清丽，也许不如小仙女的妩媚……"书中说，虽然她的容貌不算很美，但她那双如秋月，如明星的眼波，却足以补救这一切。眼眸反映的是她的心，这是一个有着通透灵慧之心的女子。

她聪明异常，心思玲珑，善于机关之术，精通医术和药理，又洞察人心，深谙人性，对自己的能力充满自信，别有一种超脱飘逸的风度，因此她第一次出场之时，就令人自惭形秽，不敢平视，满谷香花，都似乎顿然失去了颜色。花无缺为之惊艳，江玉郎只觉神魂俱醉，连游戏人生的小鱼儿也不禁迷恋上她。苏樱颠倒众生的魅力不在于容貌，而在于她的风韵、智慧以及技艺，正如迷迭香的魅力不在平淡的植株，而在于那极其馥郁的香气。

薄荷和迷迭香相比，薄荷的香气是清新治愈系的，可治愈自己，也可治愈别人，有禁欲系的素净医女之感，并没有这样迷迭香这样散发着蛊惑的性感的魅力，仿佛可以令所有人都拜倒在自己的裙下。迷迭香如同迷人的妖女，令人欲罢不能地陷入她的魅力之中，像是希腊神话里那个海上唱歌迷惑船员的海妖塞壬。

迷迭香的花语是"记忆"，在西方文化里，它又有一个名字叫作"海中之露"，因为它生长在地中海沿岸面朝大海的断崖上，而它的香气如此浓郁，可以让出海的人循香而来，不至于迷失方向。莎拉·布莱曼所唱的《斯卡布罗集市》里，就有迷迭香，那是关于家园、关于初恋的温情而又忧伤的回忆："你要去斯卡布罗集市吗？欧芹、鼠尾草、迷迭香和百里香。请代我向住在那里的一个人问好，他曾经是我的真爱。"

醉蝶花：花间蝴蝶醉在蝴蝶花

醉蝶花，为什么会有这样一个令人遐想的名字？

秋日的省植物园，依然有太多的明亮璀璨。各色的百合花、洋水仙、白晶菊、粉黛草、向日葵，还摇曳一片隽永的水红色。那水红色跟夹竹桃的水红色有点像，仿佛沉淀了清晨变幻的霞光，生动得很，如同灵气少女的感觉，而醉蝶花较之夹竹桃则更觉淡雅一点。

走近细细端详，醉蝶花经得起细看，是生得很精致，又有点奇特的花儿，花朵排成总状花序，顶上的花苞还未开放，而周边的花朵则舒展了花瓣，长长的纤细花蕊如蝴蝶的触须，伸出花瓣之外，花瓣形状则如同蝴蝶的翅膀，微扁而圆，又像海边的小贝壳。

醉蝶花这名字取得真好。花儿太美，连蝴蝶也忍不住醉倒，醉在花间，不知道是花是蝶。风吹过来，醉蝶花摇摇摆摆，更增风韵。醉蝶花和蝴蝶花比起来，蝴蝶花有着闺秀气质，而醉蝶花则多一缕袅娜的风情与不羁的野性。

长沙最大的醉蝶花海则是在长沙园林生态园。除了红色的醉蝶花，还有紫色和白色的。风吹来时，醉蝶花摇曳生姿，宛若各色蝴蝶在花中蹀躞，明亮的颜色可以瞬间把晦暗的心情点亮。

已识乾坤大，犹怜草木青。就算经历了再多人间沧桑，见识了再多世间苦难，只要看到这灵俏娇软的醉蝶花，我的心就变得柔软又柔软。

醉蝶花是白花菜科醉蝶花属草本植物，又叫作西洋白花菜、凤蝶花、紫龙须。它是有异域风情的植物，原产南美热带地区。它的茎叶会散发一股强烈的特殊气味，不是令人愉悦的香气。但醉蝶花本身有很强的净化空气的能力，净化能力相当于空气净化器。

醉蝶花也是一种优良的蜜源植物。醉蝶花的名字，也不光因为花儿长得像蝴蝶，也因为醉蝶花能分泌丰沛的花蜜，吸引了大量蝴蝶徘徊流连而不愿离去，"醉蝶花"之名便由此而来。

醉蝶花是属于夜晚的花朵，它会于傍晚开放，清晨凋谢，因此也有"夏夜之花"之称。夜晚，整个世界都酣然入睡，而另一个神秘世界悄然醒来。这个世界邈远如童话，也许有无数的花之精灵在花间叶上嬉戏，或熠熠地飞往某些人的梦境之中，月光轻轻为它们披上淡蓝色的轻纱。醉蝶花则属于这个神秘世界，因此它的花语是"神秘"。

安徒生童话《小意达的花儿》就曾想象过夜晚的神秘。原来夜晚的花儿们也开舞会，女孩小意达在夜晚的花儿舞会上见到了一朵朵容光焕发且会说话的花儿，邂逅了一个从未见过的奇妙世界。玫瑰花戴着金皇冠，身后是紫罗兰花和荷兰石竹花。大朵的罂粟花和牡丹花使劲地吹着豆荚，把脸都吹红了。蓝色的风信子和小小的白色雪形花发出叮当叮当的响声，好像它们身上戴有铃似的。蓝色的堇菜花、粉红的樱草花、雏菊花、铃兰花都来了。"它们看起来真是美极了！"

菲莉帕·皮尔斯的《汤姆的午夜花园》说的也是发生在夜晚的奇幻童话，则更加令人心生感触。小男孩汤姆独自一人来到姨妈家住。而在几十年前，有一个叫作海蒂的小姑娘刚刚失去了父母，也来到亲戚家寄居。就在一天深夜里，汤姆来到楼下，发现后院变成了一座美丽的花园。汤姆翻进了花园，就此踏进入了另一时空。他和海蒂相遇了，并一起玩耍，成为最要好的朋友。当汤姆最后一次打开门，发现花园已经不复存在，他再也没有办法与海蒂见面了。

就在这个时候，真相也被徐徐揭开。原来，海蒂便是已经风烛残年的邻居巴塞洛缪太太，她一直怀念着她记忆中的那个花园，因此，在梦里，她便回到了她的童年时代，成为小姑娘海蒂。而汤姆，是走进了她的梦中，成为她回忆的一部分。巴塞洛缪太太对汤姆说："后来我才知道，汤姆，花园一直都在改变，因为没有任何东西是一成不变的，除非在我们的记忆中。"

故事的最后，汤姆慢慢走下楼梯，又飞快地跑上楼去，紧紧地抱住巴塞洛缪太太跟她告别，就好像她还是一个小姑娘似的。

其实，人类的情感是神秘的，正如所有花儿也是神秘的。太多花儿们深藏着的美丽，是不为人类所知的。人类对这个外在的大千世界与自己内在的心灵世界探求与了解着实太少了，而人类却总以为自己是这个世界的主宰，缺少对植物与同类的敬畏与爱惜之心，不可谓不肤浅了。

梭鱼草：可爱童话

学生时代因为极爱植物，曾经有个想法，给每一株植物写一首诗，然后配上一张自己拍的或者手绘的植物图，渐渐集成一本书。于是断断续续地写着，拍着，时光荏苒，积累起来也有了一个小集子了。还可以继续写下去。

最近发现，在洋湖湿地公园水边有大片的梭鱼草，于是便带了相机前去观看。果然看到了水边一团一团云朵般蓬松的淡蓝色。

走近了看，只觉梭鱼草的叶宽大修长，有点像美人蕉的叶子，不像它身畔水烛的草叶一般笔直如剑。梭鱼草的花是穗状的，穗上密密匝匝簇拥着几十朵淡蓝色小花，每朵小花还不到一个小硬币大，细细看去，每朵花儿上方两花瓣各有两个橘黄色的斑点，像是古代女子的额黄装饰。

小区的睡莲池边也有梭鱼草，只是只有十几株而已，还成不了一团淡蓝色的云。印象中，梭鱼草和睡莲总是一起出现。睡莲开得漫不经心却又惊艳四座，梭鱼草的颜值自然不如睡莲，但是那种漫不经心的姿态倒是如出一辙，从容自在之感。

梭鱼草的名字很是俏皮。其实梭鱼草并不是本土植物，它原产地是在北美洲，在北美水域，梭鱼幼鱼喜欢藏匿在梭鱼草的叶丛和根茎里，把它当成了自家的儿童乐园。因此，梭鱼草便有了这个名字。梭鱼草的花期为初夏到深秋。因此，整个暑假夜晚散步的时候，都能看到睡莲池畔摇曳着的蓝紫色穗状花序。

美国作家梭罗的《野果》之中，也有写到梭鱼草："现在虽然其他的果子都正在变熟，梭鱼草的已经都落了，撒得沿河一带都是的。"梭罗写完《瓦尔登湖》后，渐渐迷恋上了植物以及记录植物："我很快就开始对植物进行密切观察，记下何时长出第一片叶子，何时开出第一朵花，不论早晚，不计远近，都认真观察记录，就这样有好几年……"就这样，潜心观察植物、记录植物、亲近植物的梭罗用近十年的时间沉淀出来好几本关于植物的书，其中一本便是《野果》。

有时去看睡莲，看到梭鱼草，总会想着会不会有小雨在梭鱼草叶茎中穿梭游乐，不觉出了神，想象了一些关于梭鱼草和小鱼的可爱童话。

水泽也是的确容易让人有关于童话灵感的地方。1862年7月4日的一个下午，刘易斯·卡罗尔和朋友带着里德尔家的三姐妹去河上划船。途中，刘易斯就在船上讲了一个奇幻的冒险故事，并以三姐妹之中排行第二的小姑娘爱丽丝作为童话故事的主角。女孩们都非常喜欢这个童话。1865年，刘易斯出版了《爱丽丝梦游仙境》，1871年又出版了一本《爱丽丝镜中奇遇》，这本童话，照样是以爱丽丝为主角。这两本书后来都成为具有国际影响力的经典童话作品。

不过令人意外的是童话背后的故事。刘易斯与爱丽丝在1863年6月突然没有了往来，刘易斯的日记中1863年6月27—29日的部分消失。有传记作家猜测是因为刘易斯向爱丽丝求婚却遭到她父母拒绝的缘故。后来刘易斯终身未婚，而爱丽丝早早嫁人，并生了三个孩子。

大概是因为刘易斯的心中蕴满柔情吧，所以以爱丽丝为主角的两部童话如此成功。唯有爱与想象，才能赋予笔下的故事以饱满又丰沛的灵魂。彼时，爱丽丝已经离他而去，两人不再相见，但作家刘易斯天才的笔力，让她在童话中永远熠熠生光。

我想记录下植物的心情，也是大抵相似的呢。我只是想用文字和图像来记录下我与植物的种种联系，营造一个纸上植物园，随时打开，随时芬芳，连同沉淀在它身上的温馨记忆与文化含义，如同记录下一个人生命中闪光的瞬间。

千屈菜是千屈菜科千屈菜属植物，有个别名叫作水柳。水柳这个名字，很好地诠释了它的柔美之姿。

千屈菜：水边袅娜

暑假雨后的一个清晨，独自去药植园，看到水柳开花了，紫红色的花瓣上蒙着细小雨珠，显得灵气横溢。一只白头鸭飞来，似乎也被花的美迷住了，立在石栏上静静欣赏。

有很多种草长得都像薰衣草。马鞭草有点像，其实麦冬也有点像，都是紫色的穗状花序。千屈菜则是像大号的薰衣草。千屈菜的紫红色小花每一朵都长得很精致，花瓣长长细细的，只是太过轻小，纤柔细弱之感。

千屈菜是千屈菜科千屈菜属植物，有个别名叫作水柳。水柳这个名字，很好地诠释了它的柔美之姿。学校药植园靠新月湖畔就种着一大片千屈菜。在湖畔漫步，便看到一片柔和梦幻的紫红色摇曳着，如同巧笑嫣然的小女生，有身在普罗旺斯薰衣草田的错觉。日光下，在闪闪水波映照中，水柳尤其柔情风韵。而围绕新月湖还有一圈儿旱柳，绿色旱柳与紫色水柳相映成趣。

其实千屈菜生得并不比薰衣草差，其水边袅娜的风姿犹有过之，因此又有水枝锦之名。它还颇具药效，全草入药，可清热、凉血、收敛、止泻。但是薰衣草是很多人所爱着的花儿，不仅入诗入画，影视里也经常有它的镜头。千屈菜却并不为人所知。很少有人知道它的名字。它最为人知的名字也着实憋屈，千屈菜，又千般委屈，还是菜，虽然它的嫩茎叶的确可作野菜食用，但是这个名字把它作为美貌草花的骄傲资格都给剥夺了，一下跌入尘埃之中——也许应该说它原本一直在尘埃中。

其实很多美貌的小草花，如美女樱、茑萝花、瞿麦花，等等，并不逊色那些广为人知的名花，也许有一个什么样的故事或者情怀附在它们身上，就广受欢迎了。很多景点也是，有的不出名的景点，也许也不逊色于一流的景观，却少为人知。欠缺的，只是一个契机。其实，人也是。

千屈菜科的植物美人，熟悉的还有紫花满天星，也就是萼距花，花朵的颜色和形状跟千屈菜很像，只是要小很多。还有一种叫作散沫花的迷人植物，为千屈菜科散沫花属，这是千屈菜科的植物里面最神秘又蛊惑的一种了，其名气还超过了这个科的科长千屈菜。

散沫花为岭南常见的雪白香花，其香气之馥郁可以比肩茉莉、素馨这对姐妹花，晋代嵇含《南方草木状》中言其花又名指甲花，"与耶悉茗、末利花皆雪白，而香不相上下……彼人多折置襟袖间，盖资其芬馥尔"，《本草纲目》中言其花"香似木犀"，也就是说它和桂花一样香。典籍中一再将它与传统香花相提并论，可见它的芬芳了。

印度、巴基斯坦一带的女子常将散沫花采叶捣汁，将其墨黑色的汁水在身上画满繁复的花纹。而画的过程之中，馥郁香气始终萦绕不散。她们唤散沫花为海娜，因此称这花纹为海娜文身。在印度女性结婚的前一天，女伴们会用散沫花在她身上、手上都画上最精美的图案，有时还会把新郎的名字隐蔽在那些图案里。新郎需要在复杂而又优美的海娜文身里找到自己的名字，才能甜蜜地亲吻拥抱新娘，开启人生的又一个阶段。

学校国际教育学院有一年举办异域文化节，就是留学生们向中国学生展示各自国家和地区文化的一个活动。有巴基斯坦的女留学生，在为前来体验的中国女孩们用散沫花汁在手背细细画上海娜文身。女孩雪白的手背上被描上缠绞细密的圆形图案，如同一个神秘的黑色符咒，登时平添了一种异域风情的魅惑之美。

我不由得看得呆了，一时间忽然想起了亦舒《印度墨》里的故事。《印度墨》里，也有用散沫花汁给少女画上海娜文身的情节。

中国香港女作家亦舒的《印度墨》写的是一个贫穷、美丽而倔强的少女刘印子。她十几岁就出来打工,做明星的助理,被家境富裕的大学生陈裕进爱上。"那女孩有小小鹅蛋脸,皮肤白皙,一双天然细长浓眉像画出来的一般,她的眼神冷冷,可是亮得连在角落的陈裕进都看到她。"悠长午后,陈裕进用散沫花做成的印度墨在她雪白裸足上画上花朵藤蔓般的繁复纹路,两人的心都是怦然而动。陈裕进要印子跟他去美国读书,但印子虽然对他心生好感,却只能拒绝。作为家里的顶梁柱,她还有一个失业的母亲和一个读高中的妹妹要养:"身为混血儿,自幼遭生父遗弃,母亲改嫁,又生一女,最后还是分手,家贫,她从来没好好呼吸过。"

为了照顾家人,17岁的她只能步入娱乐圈,成为万众瞩目的明星,并心甘情愿地被富商包养,从此只能与陈裕进做普通朋友,再不能轻言爱情。他依然爱她,给她寄来手抄的莎士比亚十四行诗,她仍然为他心生欢喜,却不再回复。

这残酷而现实的人生啊,被女作家这样一一冷静道来。小说现实中的原型,也是虽然深爱,却永远分离。亦舒写道:"但是他心底深处,必定忘不了有一年某一日,在一间书房里,他用指甲花制成的印度墨,在一个叫印子的女孩脚底画上图案。"

杏花的果子便是杏子，成熟了的杏子为金黄色，酸甜可口，自然广受欢迎。而未成熟的杏子则是青杏，很是酸涩，但是也别有风味。

杏子：青杏般的滋味

杏花在长沙并不多见，母校中南大学、学校药植园、省植物园、橘子洲头，我都没有找见过杏花。倒是曾在春日里的洋湖湿地公园里，看到杏花开得晓天明霞一般，很是惊喜了一番。

杏花单朵花的圆圆花瓣，像是小时候吃过的荔枝罐头里被浸润得水灵灵的荔枝。花瓣微微带一点粉色，花萼紫红，因此，很像是小姑娘穿了一件粉白色的裙子，束了一条小小的紫红色腰带，神气很是可爱。"裁剪冰绡，轻叠数重，淡著燕脂匀注。新样靓装，艳溢香融，羞煞蕊珠宫女。"杏花之美，轻盈明艳，让宫苑之中美丽的女子也为之自愧不如。

杏花花色很有特点，也是可以变色的花。杏花含苞时，是纯红色，被称为"红杏"，初放趋盛时，则是粉白中略带红晕的柔美色调，像二八少女轻施薄粉的娇美面容。等到杏花到了快谢之时，又化作了一片纯白，我在洋湖湿地公园看到它时，它已经是初长成的少女了，淡淡妆儿，肤色皎洁，粉颈低垂。

杏花生得比桃花要精致轻盈，一簇一簇挤在一起的，开花时也是没有长叶的，花瓣也是大多五瓣，花蕊较长。二十四番花信风中，桃花开完，便是杏花开了。杏花和桃花长得很像，只是杏花的萼片有微微反卷。

和桃花一样，杏花也是属于大俗大雅的花儿。许多朵杏花密匝匝挤在一起，便觉俗世之欢喜热闹。可是，只要单单剪下一枝杏花插入房中的白瓷瓶里，那明艳绝伦的花儿，在素净的背景下，却又忽然有了瑶池仙品的脱俗之意。

那么美的杏花真是可以持靓行凶的。波伏娃《第二性》中曾经说过："女人打扮得越漂亮，她就越受到尊重；她越是需要工作，绝佳的外貌对她就越是有利；姣好容貌是一种武器，一面旗帜，一种防御，一封推荐信。"张爱玲曾说，没有一个女人是因为她的灵魂美丽而被爱的。其实，对于植物也是一样，朴素的棕榈花就让我忽略了，而惊鸿一瞥的明艳杏花令我念念不忘。这是人对美好事物的本能追求，好像很难去苛责什么。忽然间有一点理解这个看脸的社会了。

杏花如此美丽，它也拥有能让人变美的能力。杏花具有补中益气、祛风通络之功，可润泽肌肤，祛除粉滓。宋代《太平圣惠方》中，就有以桃杏花瓣洗面治斑的记载。

古代杏花还有很多其他颜色，五色缤纷，《西京杂记》中记叙道："东海都尉于台，献杏一株，花杂五色，六出，云仙人所食。"但是现在是见不到这种五色杏花了。

杏花的果子便是杏子，成熟了的杏子为金黄色，酸甜可口，自然广受欢迎。而未成熟的杏子则是青杏，很是酸涩，但是也别有风味。

宋代孟元老《东京梦华录》里回忆，在春天的开封，人们都要品尝新鲜的青杏，吃刚采的樱桃，再一起喝上两杯。《东京梦华录》是对于昔日繁华的回忆，慢慢看来，像是一首沉淀了旧时月色的长调慢歌，也隐隐有青杏般的酸涩，那样的盛世时光毕竟一去不返了。

杏子也让我想起一个青杏般的女子，萧红。在怀着孕又颠沛流离的日子里，她写下了一首轻盈又沉重的小诗："去年这个时候，正是我吃青杏的时节，如今却有如青杏般的滋味。"萧军正是因为看了这首诗，蓦然发现那憔悴女子身上绽放出来的女神一般的闪闪光芒，便不由自主地爱上了她。

她以为他是拯救她于水火的那个人，其实并不是。虽然开始时也有一段甜蜜的日子，但后来的他家暴她，因嫉妒她的才华而辱骂她，甚至对她不忠。她不堪忍受，怀着他的孩子离开了他，并嫁给了旁人。萧军说："她单纯、淳厚、倔强，有才能，我爱她，但她不是妻子，尤其不是我的。"

看过萧红一张老照片。她有一张线条柔和的脸，脸蛋微圆，笑眼弯弯，这不像一个饱经磨难的才女的脸，而像一个正沉浸在凡俗幸福中的女子的脸。而她却是性格那样激烈的女子，一生都在反抗着命运的安排，都在追求着文学与爱情，追求着自由与懂得，但最后，她心愿未了，凄凉离世。她死的时候，才31岁，非常年轻。这青杏般的人生，就这样结束了。

她的创作有她独立的风格，远离政治与流派，全凭天性与天才，并不受他人影响。那个时候，大概只有作为老师的鲁迅能真正懂得她，欣赏她，怜惜她。鲁迅评价她的《生死场》"力透纸背"，并认为萧红将取代丁玲，正如丁玲取代冰心一样。在鲁迅的大力提携下，萧红有了知名度，后来更有了"文学洛神"的美誉。

萧红常到鲁迅家去拜访，很晚了都舍不得走，鲁迅是任何时候都欢迎她的，虽然许广平对此略有微词，并隐晦地在关于鲁迅的文字中抱怨过此事。而萧红也是懂得并欣赏鲁迅的。大概也是因为这个原因,她的《怀念鲁迅先生》是纪念鲁迅的那一大批作品中最好的文字，比许广平的好得太多，不仅仅是因为萧红的天分极高，也在于她能真正了解鲁迅，是真正走进鲁迅内心的人。

她临终前，还希望和鲁迅葬在一起。无关爱情，只是两个天才作家的彼此欣赏，她对鲁迅，应该是父兄般地依恋吧。只有他给了她青杏般的人生最大的温柔与温暖。

结香的名字很美，清雅而带有一丝隽秀。而它的别名也是美的，如打结花、打结树、家香、喜花，等等，这些名字都有一种家常的亲切感。仿佛是小镇邻家腼腆温柔又爱做梦的姐姐。

结香：爱做梦的姐姐

结香是瑞香科结香属植物，在长沙并不多见。我也只是在春天的橘子洲头曾经看到过结香。一人多高的结香树，举着一个个半圆的金色小花球，像是举着一盏盏读书灯一般。

结香开花差不多和蜡梅同时，冬末春初，并且也是先开花后长叶。只是结香花儿的颜值远不如蜡梅，因而就被忽略了。人们历数傲雪凌霜的花儿，也很少会提起结香。实际上，结香金黄色的小花球在一片黯淡的冷色之中，也是格外明媚的。

结香是灌木，因而生得并不高，它是头状花序，结出的是一个个小花球。这个小花球并不是一朵花儿，而是几十朵金黄色筒状花的结合体，挤得密密匝匝的。一个个小花筒垂着头，如同美人低眉颔首。

橘子洲头美好的花儿那么多，结香并不起眼，好像也就这么一株，默默地亮在清冷的空气里。可是这奇特的花形和明亮的花色还是让我禁不住想走上前去，一探究竟。

我刚走近去，便闻到浓郁的气味，可以说是香气，也可以说不是，因为闻起来并不是喜欢的那种，太甜腻了些，像是脂粉香气，但又更浓郁，闻到了只觉头晕，只想躲开。也不敢摸它，怕那种温腻缠绵的气息沾在手上。

不过，结香名字里有个香字，这气味自然是要当作香的。名字里有"香"字的植物其实是不多的，我记得的，有香樟、茴香、九里香、迷迭香、香水百合，等等，都是香得出奇，结香的香气大概算是其中不很出挑的了。

结香的香气，不像栀子或者桂花，一闻到就让人通体舒泰，仿佛有温软的手在抚摸着头发一般；也不像薄荷或者香樟是那种清爽清新的气息，让人闻了之后满心清凉。它的香气，浓稠得化不开，像缠绵纠葛的情感，毫不痛快。而我是喜欢快意恩仇、爽爽利利的香气的。爱就爱了，不爱就不爱，何必纠缠呢？人生苦短，如果一味地纠缠来纠缠去，陷在情感的旋涡里出不来，哪天忽然抬头时，会发现红颜弹指老，绿鬓已变白发，一辈子就快结束了。还不如把时间，花在更美好更有意义的事情上。

不过，多情的蜜蜂是爱缠绵的结香香气的，往往闻香而至。像是愿意被藤缠住的树一般。因此，世间情事，只要适合就好，没有固定模式。

结香的名字很美，清雅而带有一丝隽秀。而它的别名也是美的，如打结花、打结树、家香、喜花，等等，这些名字都有一种家常的亲切感。仿佛是小镇邻家腼腆温柔又爱做梦的姐姐。结香的枝条柔韧，的确是可以打结的，这也是它名字的由来。绝大多数木本植物都是宁折不弯，而结香却是一个特例，宁弯不折，枝条可以折成各种形状而不断裂。

结香的花语和象征意义是喜结连理。曾经有一个传说，恋爱中的人儿，只要在结香的枝上打两个同向的结，就能获得爱情和幸福。人们往往相信，念念不忘，必有回响，如果很喜欢一个人又有相通的心意的话，那个人的心里也会感觉得到。那么在结香树上打结，许下美好的心愿，也许就能梦想成真。

事实上，人与人之间的确是有磁场的。你很欣赏一个人，那个人也许对你也颇有好感。你很讨厌一个人，那个人也许对你也是不以为然。但是男女间的单相思除外，爱情本来就是莫名其妙，超出磁场之外的，倏忽而来，倏忽而去，来如春梦几多时，去似朝云无觅处。这种事情，结香也是没有法子的呢。

奥地利小说家茨威格的小说《一个陌生女人的来信》里，那个深爱了作家一辈子，自己完成了一份荡气回肠的爱情，而作家却并不知道的女人，她爱得如此卑微，爱情于她来说已经成了一种信仰，一种宗教。那男人是谁，是否知道她，其实已经并不重要。她的爱，一直很安静，安静得作家完全没有感知到。她只是自己做了一场悠长的关于爱情的梦，沉浸在梦里，她不愿醒来。这个甜蜜又凄凉的梦，终究是耗尽了她的青春与生命。我一直不喜欢这种低到尘埃里的，灵魂不对等的爱情，但也忍不住为这种求而不得的缱绻与悲伤而动容。

不过，心动的感觉是如此美好，一个人还能心动，他的灵魂就还没有老。就像宫崎骏的动画《借东西的小人阿莉埃蒂》中男孩翔对女孩阿莉埃蒂所说的："你已经是我心脏的一部分了，因为借走的是糖，还回的是心。"无论后来有怎样的际遇，最初的心动总是没有错的，就像爱情本身是没有错的。

关于结香花还有一个传说，是说早晨梦醒之后，人们在结香树上打结可以有意外之喜：若是晚上做了美梦，早晨的花结就可以让人美梦成真；若是晚上做了噩梦，早晨的花结可以助人解厄脱难。所以，结香树又被人们称为梦树。它的花自然也就成了梦花。人们还会拿结香花来做梦枕，希望枕着它能好梦安然，因此，结香花又叫梦冬之花。

这依然是人们对结香树的美好心愿吧，它被寄托了那样梦幻的寓意。

石竹虽然是细小的花朵，但似乎挺得古代诗人词人的欢心。牡丹风行之前，石竹备受青睐，少女的罗裙上便常常绣上石竹花。

石竹：曾经的洛阳花

在长沙洋湖湿地公园游玩时看到，树下生着一小丛一小丛的，平平整整的花儿，大红色的，不过纽扣大小，生得却很精致。颜色也鲜亮，一下就把人的视线给吸引住了。

花儿边缘是不整齐的锯齿状，围绕着花边又滚了一层雪白底色。花心也是滚了一层雪白镶边。这颜色的层次感很强，像是什么人用笔细细描画了上去似的。花瓣面如蝶翅一般闪着绒光，绚丽多彩。

这么一种柔美的花儿，名字却很英气，叫作石竹。

后来在东江湖边，见到了好几种颜色的石竹花儿，有通体火红的，中心枚红色边缘雪白色的，中心紫红色边缘淡红色的，每种颜色都是鲜亮得很。在中山大学校门口的小花坛里，也见到了石竹花儿，颜色品种也很丰富。

明代李时珍在《本草纲目》中记载："石竹叶似地肤叶而尖小，又似初生小竹叶而细"，又记载"花大如钱，红紫色。人家栽者，花稍小而妩媚，有红白粉红紫赤斑烂数色，俗呼为洛阳花。"说的是石竹小巧玲珑，如钱币大小，花儿虽小，却别有妩媚之姿。当时还有"红白粉红紫赤斑烂"好几种颜色，被称之为"洛阳花"。

石竹虽然是细小的花朵，但似乎挺得古代诗人词人的欢心。牡丹风行之前，石竹备受青睐，少女的罗裙上便常常绣上石竹花。唐代诗人也钟爱石竹花，盛赞它的美貌。李白赞它："山花插宝髻，石竹绣罗衣。"陆龟蒙赞它："曾看南朝画国娃，古萝衣上碎明霞。"独孤及也赞它："殷疑曙霞染，巧类匣刀裁。"李颀赞它："芳菲看不厌，采摘愿来兹"。石竹花花期长，花色美，不争不抢，却秀色夺人，很得司空曙的怜爱，因此他便赞它："野蝶难争白，庭榴暗让红。谁怜芳最久，春露到秋风。"

但是后来牡丹在唐代大受欢迎，抢走了石竹的风头，还取代石竹被称为"洛阳花"。从那以后，石竹便沉寂了不少。便如过气明星一般，美貌依旧，风头不再，沦为小草花一枚，人多不识，看时觉得惊艳，看后便忘。谁知道它曾经也是闪烁一时的名花呢？宋代王安石怜惜它的冷清，写下《石竹花二首》，其中之一"春归幽谷始成丛，地面芬敷浅浅红。车马不临谁见赏，可怜亦解度春风。"也是感叹此事。

不过呢，石竹未必也会在乎这些，它已经历经沧桑，看透沉浮。只有生命中所珍视的东西，还在原地等你，那么，其他一些虚名浮华，又有什么要紧。它照样开得艳丽多姿，依然有人懂得欣赏。比如，宋代晏殊，便曾作《采桑子》歌咏石竹"佳人画阁新妆了，对立丛边。试摘婵娟，贴向眉心学翠钿"。

药植园也栽种有各色石竹，因为石竹也是可以作为良药的，它的根和全草入药，清热利尿，破血通经，散瘀消肿。《本草备要》中说："降心火，利小肠，逐膀胱邪热，为治淋要药。"

我见过的石竹都是鲜艳极了的大红色或者粉红色，像骄傲的小姑娘仰着脸蛋儿。但其实石竹花色有白、粉、红、粉红、大红、紫、淡紫、黄、蓝等，五彩缤纷，便如彩虹一般。

石竹的花语为纯洁的爱、才能、女性美，大约是因为石竹花色娇艳的缘故。石竹别名又叫作洛阳石竹、石菊、绣竹、常夏、日暮草，等等，都是些好听的名字。

典籍中对石竹也有详细记载。明《花史》中载："石竹花须每年起根分种则茂。"清《花镜》也提到石竹"枝叶如苕，纤细而青翠。"

石竹花日开夜合，若上午日照，中午遮阴，晚上露夜，则可延长观赏期，并使之不断抽枝开花。

茉莉：满室生香

蔡琴曾经唱过一首《六月茉莉》的歌，歌前的独白极是动人："我可以告诉你，我年轻的时候真的是很漂亮。那个时候，我是全镇上长得最漂亮的女孩子。我还记得，从六月的第一天开始，每天早晨我都会在门口的石阶上发现一朵白色的茉莉花，我从来都没有去问过，究竟是谁放的，白色的茉莉花，被我放在窗台上，风吹起来的时候，那香味，到现在我都不会忘了。"

然后便是蔡琴磁性而沧桑的嗓音，在吟唱一首关于久远回忆的歌谣，听得又温暖，又惆怅。回忆中这年轻的爱情，正如白色的茉莉花一般，永远在灵魂深处散发着柔和、纯净而清凉的香气。茉莉和栀子一般，都是青春时的爱情象征，因其洁白与芬芳，但茉莉是微带清冷的，萦绕着淡淡的忧伤，便如未曾说出口的暗恋。而栀子花是天真甜蜜地，不管不顾地，一心要奔向对方，仿佛要拥有全世界。这两种洁白芳香的花儿，我都是极爱的。

小区门口曾经有老人担着担子卖茉莉花，打着小朵儿的白色花朵，细小如铜钱，玲珑清爽，让人忍不住动心要买下来。回来之后，我把它放在阳台，就轻轻地给它洒上一点儿水，静静地看着它，像是在看一个羞怯温文的小女孩。

夜晚，来到阳台，发现茉莉散发出越发强烈的甜蜜温柔的香气，不像有的花朵，到了夜里，便合拢花瓣睡去了，比如，睡莲、牵牛花、太阳花，等等。茉莉开放了之后，便持续不断地散发出生命的馨香，夜晚越发幽香浸人，更是让人禁不住心旌摇曳。俯下身轻轻摸摸它，心中对它越发喜爱了。茉莉之魅力，不在其容色，而在其芬芳。正如南宋刘克庄所言："一卉能熏一室香，炎天犹觉玉肌凉。"

不过，茉莉是很娇嫩的，如同娇养惯了的女孩子，禁不了热，耐不了寒，也怕黑，得有充分的光照，但日晒太强烈又不行，而且还要勤修枝，及时换盆……如果养着茉莉，得比养蓝雪花、长春花、太阳花等坚韧的花儿费好几倍心才行。一不小心照料不周，它就病恹恹的打不起精神，可怜巴巴的样子，似乎在含泪看着你，令人好不心疼。虽然茉莉难养，但还是禁不住它的魅力一定要养。

若要说花卉之中哪一种最像中国古典女子，我会觉得是茉莉。小小的一朵茉莉，也并不如何美丽，却有清新芬芳，自在地沁入人心。如同临风捧卷的女子，抬眸一望，眉目温婉，隽永的书卷气隐隐透来。

清代邹一桂《小山画谱》里说茉莉花："香甜静，花小如钱。"好喜欢"香甜静"这三个字，恰到好处地勾勒出茉莉的迷人特质。古时夏日，江南街头随处可见卖茉莉花的小摊，女子都喜欢把它簪在发髻上，或用细线把它串成球，挂在衣襟上，或当作项链挂在颈上，可以清芬一整天。可谓是"情味于人最浓处，梦回犹觉鬓边香"。

虽然茉莉花的气质很像中国古典女子，但它其实并不是中国原生的植物，西晋嵇含在《南方草木状》中记载："耶悉茗、末利花，皆胡人自西国移植于南海，南人怜其芳香，竞植之。"茉莉和素馨多来自印度，都是木樨科素馨属植物，花朵形状很相像，像是一对"香甜静"的姐妹花。不过茉莉香气之馥郁，是要胜过素馨的。茉莉花要比素馨花大一点儿，且茉莉花是夏天开花，而素馨是春天开花，一直开到初夏。

南宋周密《武林旧事》中有一则"禁中纳凉"，说南宋宫廷里的避暑方法之一，便是把茉莉、素馨等南花数百盆放在庭院之中，鼓以风轮，清芬满殿。

茉莉花香，自然也可以拿来酿酒。《快雪堂漫录》中记载了明代配制茉莉酒的方法，"用三白酒，或雪酒色味佳者，不满瓶，上虚二三寸，编竹为十字或井字，障瓶口，新摘茉莉数十朵，线系其蒂，竹下离酒一指许，贴纸固封，旬日香透。"待到茉莉酒开封时，定是满室皆香。古人酿酒，把喜爱的花儿果儿都酿入酒中，让那些易逝的美好终于成为岁月的陈酿。

茉莉也可泡茶，小小的雪白花苞浸润在水中，便飘出隽永的芬芳。茉莉花茶具有疏肝解郁的功效，薄荷也是清凉解郁，夏天里，若是在茉莉花茶里放上几枚碧绿的薄荷叶，饮之，则令人暑热顿消、心旷神怡，如在雪山之巅，如处海浪之畔。

瞿麦的名字来由也很有趣，陶弘景就说了句："子颇似麦，故名瞿麦。"这么一株瘦瘦小小的植物，结的子长得很像小麦，就叫瞿麦好了。

瞿麦：文艺小花

石竹花种类较多，同属植物三百余种。瞿麦虽然也是石竹属，但瞿麦和石竹并不相像。石竹明艳娇美，而瞿麦淡雅可爱。石竹花瓣边缘是颇具个性的锯齿状，而瞿麦花瓣边缘则是飘逸柔和的羽状。

五月下旬，药植园的瞿麦开了一大片了，淡紫小花点缀在一泓碧青里，也是和石竹差不多大小，只有纽扣般大，花瓣修长丝状，翩然若仙。这在植物里，应该算得上是书香淑女了，比浙贝母的花儿更沉静，也更温婉，且很具有文艺气息。

我是喜欢雨后去拍植物的，这时候药植园内的花朵枝叶显得特别的清灵。正如纳兰容若的一阕小词一般，烟暖雨初收，落尽繁花小院幽。或者在清晨和黄昏去拍摄，光线曼妙柔和，植物的花儿便如同少女的脸，显得玲珑剔透。

有一日，我便在雨后拍摄药植园内那些还蒙着水雾的绿色药植，只觉分外清新惬意。忽然见到一种羽毛状的淡紫小花，翩然如蝶地栖息在草间，花瓣上还滚动着细小晶莹的雨珠，像是少女缀着水钻的羽衣。紫花旁旁边还有几朵一年蓬天真的脸，宛若幼儿园小朋友簇拥着年轻美丽的女老师。于是赶紧拍了下来，这紫色小花正是瞿麦，雨丝风片里它灵气逼人的美，惊艳了我。

后来我在学校里开了一门"中医药与文学"的课，其中"发现身边药用植物之美"这个章节的教学图片都是自己用了几年的时间拍摄的学校药植园春夏秋冬四季花木的摄影照片，曾经结成一本《杏林看花》的小册子，因此跟学生们讲解起药植之美来就分外亲切。这个章节并不是重在教学生辨认药植，而是重在引导他们去体验和感受药植的审美意趣，引导他们在草木清芬中用心感受校园的物候流转。有一些药植照片我还记得拍摄它们时的情景，比如，这淡紫色的如同小姑娘水钻流苏裙一般的瞿麦花，就是在初夏雨后拍摄的。

这样安静的小花，也少为人知。我跟大一的学生们说起这种植物，说它叫瞿麦。学生们茫然又觉有趣，只是静静听着。我觉得它的容色之美不在同为紫色花儿的麦冬和桔梗之下，而且，它不只是美，还充满灵气，何况，它还颇具药效呢，全草入药，可清热利尿，破血通经，《本草纲目》中说它还可以治疗眼睛红肿、鱼脐疔疮、咽喉骨鲠、竹木入肉等。但为什么，它就从来没有引起过人们的重视呢？也很少有诗人词人歌咏过它。找来找去，只有寥寥无几的诗句，比如，宋代林光朝的"木棉高长云成絮，瞿麦平铺雪作花。"以及清代多隆阿的"射干瞿麦都簪遍，如此山花也爱人"。诗既算不上什么好诗，诗人也并不出名。

但是，瞿麦是不在乎的吧。就像这个世界一群人的趣味，另一群人永远不懂。就像法国小说《刺猬的优雅》里的那个公寓女门房荷妮，她肥胖、丑陋且年华已逝，工作枯燥无味，无人注意过她，无论她的脸还是她的灵魂。但她关起门来，密室内满满的都是经典书籍，那是她无比丰富的精神世界。在这个世界里，她会一边喝红茶，吃甜饼，一边读谷崎润一郎的书。精神如此超逸自由，她还会在乎旁人怎么看她吗？同样，瞿麦也从不在乎旁人对它的忽略和轻视。况且，它不仅拥有丰富的灵魂，它还有那么美的花儿。在清晨的清凉露水中，在黄昏的瑰丽光线中，它轻轻展开它的羽状花瓣，美得如梦似幻。

瞿麦的名字来由也很有趣，陶弘景就说了句："子颇似麦，故名瞿麦。"这么一株瘦瘦小小的植物，结的子长得很像小麦，就叫瞿麦好了。原来古人给植物取名，也很是任性啊。不过，陶弘景也被瞿麦的美貌惊艳了一下，忍不住也夸赞道，"茎生细叶，花红紫赤色可爱"。

瞿麦不多见，如今也只在药植园里见过。石竹倒是见得多了，在湿地公园见到不少野生石竹，在岳麓山下也见到了用作花坛布置的石竹花儿。